DARIA BUNKO

竜王様と蜜花花嫁

若月京子

ILLUSTRATION 明神 翼

JN210245

ILLUSTRATION
明神 翼

CONTENTS

竜王様と蜜花花嫁

★★★

竜族と人間が共存する世界。ヒエラルキーのトップは、百人程度しかいない竜族だ。本来は硬いウロコに覆われた竜の姿だが、普段は人型で生活をしている。

長命で頑健ではあるがきわめて繁殖力が弱い彼らには、長いこと女性が生まれておらず、今はもう男性しか存在していない。そのため、竜族の因子を持つと言われている人間を伴侶に選んでいた。

体のどこかに、竜の爪痕《つめあと》と言われる三本の引っ掻《か》き傷のような痣《あざ》がある人間だ。竜族が卵生であるためか男女は問わず、痣のある人間は竜族の子供を産むことができた。

そして竜族のトップである竜王の花嫁も、もちろんその中から選ばれる。

今の竜王は百歳を超えているはずだが、いまだ花嫁を選んでいないので、三年に一度、痣を持った花嫁候補たちが竜王の住む城へと集められていた。

十七歳のリアムも痣を持つ人間の一人で、今年、初めての招集がかかっている。

旅芸人一座の一人でもあるリアムにとっては、迷惑なことだった。

「一ヵ月も滞在しろって言うんだもんなぁ。どうせオレなんて選ばれるわけないのにさ」

リアムは薄茶色でふわふわのやわらかい髪の毛と、同じく薄茶色の大きな目。ちんまりした鼻とプックリした唇《くちびる》のせいか、年相応に見られたことがない。十七歳といえばもう立派な大人なのに、まわりはいつまでも子供扱いなのだ。

芸人一座に生まれたにもかかわらず芝居も歌も舞も下手《へた》で、表舞台に立っていない。そのためか色気が皆無であり、気難しくて偏屈と評判の竜王に見初《みそ》められるとは思えなかった。

「一週間くらいなら、嬉しいのになー」

リアムはあがり症で舞台には立てないが、その代わり人より手先が器用だ。一座の看板描きと衣装作り、雑用などを担当しているので、竜族たちの着ている服やあちこちから集められる花嫁候補たちの衣服を見られるのは嬉しい。

それに豪勢だという食事と、竜王の住む城の見学もできるかもしれないと思うと、とても楽しみだった。

「……でも、一ヵ月は長い。迷惑」

ブツブツと文句を言いながら、竜王に失礼がないようにと渡された服に着替えた。

ちょっとした飾りや刺繍《ししゅう》が施された、貴族の普段着といった感じの服である。派手ではないが上等な生地としっかりとした縫製で、勉強になるなぁと感心した。

ワッという歓声がテントの外から聞こえ、リアムが外に出てみると水竜が降り立ったところだった。

一瞬にして人型を取った竜族の男性は、ウロコと同じ青い髪をしている。綺麗な水色の瞳の、二十代半ばくらいの美形の男性だった。

柔和な人好きのする表情でぐるりと見回し、リアムに目を留める。

「──こんにちは。キミが花嫁候補のリアムだね。城まで乗せていくけど、お別れはもうすんだかな？」

「はい、大丈夫です」

「私はコンラッド。どうぞよろしく」

「リアムです。こちらこそ、よろしくお願いします」

「では、早速行こうか」

そう言うとコンラッドは竜の姿に戻り、リアムに背に乗るよう言う。

「不安定に思えるかもしれないけど、水の膜でリアムを覆うから大丈夫。落ちたりしないよ」

「は、はい」

父親の手を借りて大きな竜の背中に乗ると、コンラッドの言っていたとおり薄い水の膜に包まれる。

少しひんやりとするが、濡れることのない不思議な水だ。

「それでは、ご子息を一月《ひとつき》ほどお借りいたします」

「よろしくお願いいたします。リアム、せっかくだから楽しんできなさい」

「うん」

父はニコニコと嬉しそうだが、母は心配そうにリアムに言う。

「ちゃんと食べて、眠るのよ。寂しくて、どうしても帰りたくなったらお願いしなさい」

「はーい」

両親や仲間たちと別れを惜しみ、コンラッドは空へと飛び立つ。

「うわわわっ。高い！　速い！」

水の膜に包み込まれているせいか風は感じなかったが、風景がどんどん後ろに流れていく。あっという間に山を二つほど越えて竜王の住む城の上空へと来てしまった。

「……あそこが花嫁候補たちが滞在する場所だよ。通称、花嫁たちの庭と言われている。塀で囲まれているだろう？」

「うん」

「あの中なら歩き回るのは自由だけど、外に出たいときは安全のために護衛つきでね」

「分かりました～」

この日は各地にいるという候補たちが一斉に集められてくるから、あちこちに竜が降り立ち、バタバタと人が動き回っている。

広い敷地内に点在する家はすべて同じ大きさ、同じ外観の造りで、扉の色を変えて間違えないようにしてあった。

リアムに与えられた家はオレンジ色の扉で、ちゃんとリアムの名札が付けられている。

中はシンプルだが綺麗な設《しつら》えとなっており、クローゼットの中にはリアムが事前にリクエストしておいた「あまり派手じゃない小姓《こしょう》っぽいのと、ヒラヒラしたお姫様っぽいのと、王子様っぽい服」が入っていた。

用意された服はもらえると聞いて、舞台で使えそうなものをお願いしたのである。何しろ豪華な衣装を作ろうとしたら生地代だけでも高くなってしまうから、もらったものを使い回せるのはありがたかった。

「リアムは従者はいらないんだったよね。必要なものはだいたい揃《そろ》っていると思うけど、他に何か欲しいものはあるかな？」

「んー…思いつきません」

「自分が欲しいものでもいいよ。一ヵ月もいることになるから、時間潰《つぶ》しの道具とか」

「あ…それなら、生地ってお願いできますか？　滞在中に仕上げちゃおうと思って一着分の生地は持ってきたんだけど、もっと作れるならそのほうが嬉しいし」

「ああ、舞台で着るのかな？」

「オレじゃないですけどね。芝居、すっごい下手なんです。ついでに音痴で踊りも下手だから、舞台じゃ役に立たなくて。でも、手先は器用なんですよ。うちの一座の看板と衣装作りがオレの仕事」

「ああ、それじゃあ、生地やレースなんかを運ばせるから、好きなのを取るといいよ」

「えっ、いいんですか？　本当に？　レースってすごく高いですよ」

ダメ元で言ってみたのだが、竜族は太っ腹らしい。生地だけでなくレースまで用意してくれると聞いてリアムは嬉しくなる。

「他の花嫁候補は、真珠の首飾りや孔雀《くじゃく》の羽で作った扇《おうぎ》が欲しいとか言ってるよ。度を越した贅沢品《ぜいたくひん》は断るけど、生地やレースは大丈夫。一ヵ月も拘束することになるんだから、好きなだけどうぞ」

「やったー。ありがとう」

「生地は明日にでも用意するから、今日はのんびり過ごすといいよ」

「はーい。外、見て回ります」

「一人で敷地の外に出ないようにね。――これは、キミの部屋の鍵。不審者は入れないようにしてあるけど、人が多いからちゃんと鍵はかけて」

「はい。紙とペン、持っていこうっと」

「それじゃ、お菓子と飲み物も持っていくといいよ」

テーブルの上には美味《おい》しそうな焼き菓子と、飲み物の用意がされている。

コンラッドはその飲み物を棚の中に収められていた水筒へと移し、焼き菓子とともに小さな籠《かご》に入れてくれた。

リアムはそれにペンとインクも収めて、紙の束を抱えて手に持った。

コンラッドと一緒に外に出ると、鍵をかけて手渡してくれる。

「日が暮れたら夕食だから、それまでには戻ってくるようにね」

「はーい。行ってきまーす」

リアムはコンラッドにバイバイと手を振ると、気が向くまま歩き始めた。

「……あ、火竜だ。あっちは氷竜。すごいなー。竜族自体あんまり見られないのに、こんなにたくさんの竜を見られるって貴重」

それに花嫁候補と見られる人たちは、女性も男性も張り切って着飾っている。竜王とのお目通りは明日だと聞いているのに、みんなやる気満々だった。

リアムのような庶民は華やかな衣装など持っていないから竜族に用意してもらえるが、デザインや着こなしに地方色が出ていて面白かった。

中には旅芸人であるリアムが見たことのない——海を渡った遠い地と思われる独特な服を着ている人たちもいる。

「うわー。あの女の人、お腹が見えてるけどいいのかな？　暑い国の人？　大胆な服だけど、綺麗」

それとは逆に、フワフワの毛皮のケープをまとった男性もいる。衣装係をしているリアムにとってはすべてが興味深く、勉強になった。

彼らのほとんどが、竜の爪痕の痣を誇らしげに見せつけている。肩や腰、胸元……見せていない花嫁候補たちは、かなり際どいところにあるのかもしれない。

リアムの場合は胸の真ん中あたりで、わざわざ見せる必要を感じないから普通の服を着ていた。

人や竜を観察しながら歩き回り、陽当たりのいいベンチを見つけてそこに座る。

歩いて渇《かわ》いた喉《のど》をお茶で湿らせ、モグモグと焼き菓子を食べた。

「美味し～い。木の実たっぷりのクッキーだ。贅沢だなぁ」

ご機嫌で紙を広げ、ペンをインクにつけて、今見てきた人たちを描き始める。顔ではなく、髪飾りや首飾りといった装飾品、衣装や変わった刺繍の模様などだ。

「あの女の子の、花を編み込んだ髪形、可愛かったなー。花だと枯れちゃうから、布の花飾りを作って……」

ブツブツと言いながら、舞台で取り入れられそうなものを紙に描いていく。

「ふー。いい感じ。一ヵ月もいろって言うんだから、困っちゃうよなぁ」

それに充当する金額はもらえるとのことなので損はしないが、旅の一座というのはギリギリの人数で回しているものだから、裏方とはいえ一人抜けるのは迷惑なものだ。

しかし竜族相手に拒否はできないし、リアムが花形役者でなくてよかったと思うしかない。

「竜王様もなー…とっとと花嫁を選んじゃえばいいのに。集められた人たち、みんな綺麗だったしさ」

容姿で選んだ花嫁候補ではないのに、美男美女揃いだった。綺麗系から可愛い系までいろいろで、一人くらい竜王の好みに合いそうなものだろ…と思ってしまう。偏屈な竜王はすでに百歳を超え、まだ花嫁がいないのは異例のことだそうだ。

「気難しくて、人嫌いで、偏屈なおじいちゃん――あ、でも、すごい美形っていう話だよな。……美形のおじいちゃん？　で、気難しい…こんな感じか？」

竜王について聞いていたいろいろな要素を呟《つぶや》きながら、自分のイメージで想像上の顔を描いてみる。

「うはっ、イケメンじいちゃん。渋い。竜王様だし、威厳を出すためにヒゲをつけてみようかな。……あはは、イケてる」

誰もいないからと好きに遊んでいたのだが、背後から声をかけられてギョッとする。

「……それが、竜王？」

「うあっ⁉　な、何⁉」

「竜王とは、似ても似つかない」

慌《あわ》てて後ろを振り向いてみると、眉間《みけん》に皺《しわ》を寄せた不機嫌そうな美形がいる。

髪の色こそ普通の黒だが、金色の不思議な目を持っていることから竜族なのだろうと分かる。何よりその完璧に整った男らしい美貌《びぼう》や、全身から放つ独特の気配は人間のものではない。

竜王は、竜族を束ねる特別な存在だ。火竜や水竜…竜族が持つすべての能力を持ち、とても崇敬《そんけい》されている。

その竜王を、ふざけて想像で描いたのはまずかったかとビクビクしてしまった。

「うわっ、オレ、不敬罪になっちゃいます？　竜王様って見たことないし、想像で描いていただけなんですけど」

「不敬罪にはしない。だが、似ていないぞ」

「いや、だから、見たことないんですって」

「そもそも竜族は、見た目にはそんなふうに年を取らない。竜の姿のときはもちろんのこと、人型のときもだ」

「あ、そうなんですか。そういえばコンラッドさんって二十歳半ばくらいに見えたけど…何歳なんだろ」

「コンラッドなら、五十歳くらいだ。一番若い竜族だな」

「五十歳…そっか、見た目じゃ分からないんですね。じゃあ、竜王様もそれくらいの見た目ということですか？」

「そうだ」

「なるほどー。二十代半ばくらいに見えるのか……」

言われてみれば目の前の男性もそれくらいだ。コンラッドのような優しそうな雰囲気は微塵《みじん》もないが、見とれるような美形なのは同じである。

竜族って本当に美形揃いなんだなーと眺めていて、男の髪が黒いことを今更ながら認識した。

「――うん？　あの…髪…黒いですね」

「そうだな」

「えぇっと…あなたはどう見ても竜族で、竜族は髪の色にウロコの色が出て…黒い竜は、竜王様のみ？」

「そうだな」

「………」

間違っていてほしいと願いながら聞いたことを肯定され、リアムはうっと言葉に詰まる。

まさかまさかと思いつつ、恐る恐る聞いてみた。

「……もしかして、竜王様ですか？」

「ああ」

「うわわわわっ⁉　ふ、不敬罪？　オレ、超不敬罪？　投獄？　処刑？　一族全滅？」

人間より遥《はる》かに上位の竜族。竜一頭で町一つを壊滅させるなど簡単だ。そしてリアムの目の前にいるのは竜王で、機嫌を損ねれば咎《とが》は自分だけではすまないかもしれない。

どうしようとアワアワし、なんてことをしたんだとオロオロする。

泣きそうになっていると、竜王がクスリと笑った。

（あ…笑った。超絶美形が笑うと、目に眩《まぶ》しいな～）

「落ち着け。不敬罪にはしないと言っただろう。むしろ、今のその態度が不敬じゃないか？」

「あわわわわ。……黙ります」

慌てて口を閉じ、余計なことを喋《しゃべ》らないようにと手で口を押さえる。すると竜王はもの珍しそうにマジマジと見つめてくる。

「面白い人間だ。私が怖くないのか？」

「……」

余計なことを喋ると不敬罪…と口を噤《つぐ》んでいると、竜王が楽しそうにニヤリと笑う。

「私の問いかけを無視するのは不敬罪だぞ」

「うわわっ！　これは、無視したわけじゃなくて！　余計なことを言わないようにと思っただけなんですぅ～」

竜王は、今度は声をあげて笑った。

「分かっている。それで、私が怖くないか？」

「うーん」

改めて聞かれて、リアムはマジマジと竜王を見る。

気難しくて偏屈だと言われている、現在の竜王。けれど癇が強いとか、粗暴という話は聞こえてこない。むしろ、頭がよく、冷酷なほど冷静と言われている。

圧倒的な力の差と強大な権力は恐ろしいが、今の竜王は面白がっているのが分かるから怖くなかった。

「竜王様、怒ってないみたいだから怖くないです」

「そうか……お前には、表情があるな」

「え？　表情なんて、誰にでもあると思いますけど」

むしろない人間を探すほうが難しいんじゃないかと首を捻《ひね》っていると、竜王はリアムをマジマジと見つめて言う。

「それに、可愛い顔をしている」

「はぁ…ありがとうございます。美形揃いの竜族の、超弩級《ちょうどきゅう》美形な竜王様に顔を褒《ほ》められるのって、複雑な気持ち……」

可愛いと言われることの多いリアムだが、顔立ちが整っているといっても「人間にしては」という言葉が前につく。最上のパーツが収まるべき場所に収まっている竜族の美貌とはレベルが違う。

ましてやそのトップである竜王の顔は、同性であるリアムでさえ見とれてしまう完璧さだった。

「竜王様って、すごい美形ですよねぇ。オレ、あちこちでたくさんの人を見てきてますけど、竜王様みたいに完璧に整った顔の人、見たことありません。綺麗だなぁ。竜王様が舞台に立ったら、女性客が押し寄せそう」

リアムの一座には美形が多く、歌や芝居もうまいから人気がある。どの町でも連日満員だが、それでも国一番と言われているギャラガー座には負けていた。

年に一度の竜王を讃える生誕祭には人気のある旅芸人一座が城下町に集まるのだが、もらえる場所は前年の人気度で変わる。リアムたちの一座は二番目にいい場所、広さだった。それゆえ、打倒ギャラガー座に燃え、芸を磨く日々である。

「ギャラガー座の人気俳優が、本当に美形なんですよ。竜族の血を引いているっていうのも納得で、彼目当てに女性客が毎日見に来るんです。うちのほうが芝居はいいし、ご贔屓《ひいき》客も多いんですけど、滞在中の演目は同じだから、毎日は来てくれないじゃないですか。でもあれくらい美形だと、顔を見るためだけに毎日来てくれるんだよなぁ。……ずるい」

劇や芸を楽しみに見に来てもらえるのは嬉しいが、それもたった一人の「顔」には勝てないのだと思うと悔しい。それだけ、竜族の美しい顔には価値があるのである。

「竜王様なら、芝居や芸なんていりませんね。そこに立って、ニッコリするだけで女性客は満足しそうです」

「……それは、褒め言葉か？」

「オレたちの中では、最高の褒め言葉です。ただいるだけで客を魅了できるようになれって言われますから。竜王様なら、それができますよ。いいなぁ」

「お前は、旅一座の役者なのか？」

「うっ……。いえ、残念ながら芝居も歌も全然ダメなうえに、あがり症で……。看板描きと衣装係をやってます」

「せっかく可愛い顔をしているのに」

年齢より幼く見えるリアムの容姿は、舞台に多様性を持たせるという意味で貴重なものなのに、あまりにも舞台人としての才能が壊滅的だった。

「緊張して、右手と右足が一緒に出ちゃうんですよ。……で、手足を交互、交互なんて考えてがんばって歩くと、ものすごくギクシャクするっていう……。舞台の上で、普通に歩くこともできないんです」

「それは、また……」

クックッと笑う竜王に、リアムはプーッと頬《ほほ》を膨《ふく》らませる。

「旅一座に生まれたのに、舞台に立てないってつらいんですからね。幸い手先が器用だから看板描きと衣装作りで役に立ててるけど、本当は役者は一人でも多いほうがいいんです。せめて、あがり症がなんとかなれば端役ができるのに……」

町人の一人として賑やかしに参加しても、そのギクシャクした動きが悪目立ちしてしまう。あれこれ試した結果、リアムを舞台に立たせるのは無理と結論が出たのである。

そのときの絶望感を思い出して肩を落としていると、竜王がリアムの頭を撫《な》でてくれる。

「……不思議だな。お前と話していたら、頭痛がなくなった」

「頭痛だったんですか？」

竜王なのに頭痛に悩まされるのかと、リアムは首を傾《かし》げる。

人間とは比べものにならないほど頑健で強靭《きょうじん》な肉体の持ち主である竜族は、滅多なことでは病《やまい》にかからないと聞いていた。

それゆえ、そのトップの竜王が頭痛というのが不思議だった。

「ああ。慢性的にな。起きている間、ずっとだ」

「起きている間、ずっと？　ずっとって…今だけじゃなく、昨日も一昨日も？」

「ああ。ときには、痛みで目が覚めることもある」

「うわー…それって、すごく大変ですね」

リアムだって頭痛くらいはなったときがあるから、その痛みや不快感、意識がそちらに集中して、仕事にならなかったことを覚えている。

それが一日中ずっと、毎日のように――しかも痛みで目が覚めることもあるとなったら、かなりきつそうだった。

「薬は？　オレたちは頭痛くらいじゃ薬なんてもったいなくて呑《の》めないけど、竜王様ならいくらだって買えますよね？」

「人間の薬など、私たちには効《き》かない。そもそも、竜族には病など縁のないものだ」

「えっ、だって、実際に頭痛で大変なのに？　あ、でも、頭痛は病っていうほどのものじゃないか。……病気にならないのに、頭痛はあるんですか？」

「なぜかな。ここ何十年も頭痛がしていたから、ない状態というのが不思議だ」

「うわー…何十年……」

どうりで眉間に皺が寄っていたし、気難しく偏屈になるわけだとリアムは納得する。頭痛で苦しんでいるのに、にこやかにできるはずがない。

「このまま、頭痛とさよならできるといいですね」

「そうだな。お前の名は？」

「リアムです」

「リアム……私は、アリスターだ。名前で呼ぶことを許す」

「はぁ……」

そう言われても、名前で呼ぶ機会などあるのだろうかとリアムは首を傾げる。

一応はリアムも花嫁候補ではあるものの、自分が花嫁に選ばれるとはカケラも思っていない。どう考えても竜王の花嫁という器《うつわ》ではないし、容姿的にも、気合の入った他の候補者たちに交われば埋没するはずだった。

適当に楽しみつつ一ヵ月を過ごし、滞在期間を終えたらまっすぐ仲間たちのところに送ってもらう予定だったのに、妙なところで竜王との接点ができちゃったなと思った。

★★★

翌日は竜王との対面式なので、リアムは王子様っぽいキラキラした衣装を身にまとった。他の候補者たちも思いっきり着飾っているとのことなので、悪目立ちしないためである。

花嫁の庭の真ん中に造られた大きな建物は、図書室や遊戯室などがある花嫁たちの交流の場だ。対面式のための広間もあって、花嫁候補たちはそこに集められていた。

リアムも時間に合わせて広間に行き、竜族たちが壁にズラリと並んでいるのに驚く。

（うわー…美形が勢揃い。壮観～。あ、コンラッドさんだ）

かしこまった表情で並んでいるコンラッドを見つけ、リアムは小さく手を振る。コンラッドはクスリと笑って、手を振り返してくれた。

「竜王様のおなりです」

その言葉が響くと広間の空気がピシリと引き締まり、全員の背筋が伸びる。現れたのはやはりアリスターで、今日も眉間に皺が寄っていた。

（あ…また頭が痛いのかな？　かわいそう）

昨日は頭痛が消えたせいか眉間の皺もなくなっていたし、笑みも浮かんでいた。しかし今日は「美しいが、気難しくて偏屈」な竜王そのものだった。

アリスターはぐるりと広間内を見回し、リアムと目が合うと少し表情を緩める。

思わず手を振りそうになったが、さすがにこの緊張感の中でそれはまずいかと、慌てて手を元に戻した。

しかしアリスターには分かってしまったようで、クスリと笑う。

「……………」

その瞬間、竜族にざわめきが広がっていく。

「アリスター様がお笑いになった」とか、「初めて見た」などといった囁《ささや》きが聞こえ、竜族の中でもそんな認識なのかとリアムは驚いてしまう。

そして他の花嫁候補たちは、話に聞いていた以上の竜王の端整な容姿に目を輝かせていた。

究極の玉《たま》の輿《こし》が目の前にある。

竜の爪痕の痣がある人間は、支配階級である竜族の――さらには竜王の花嫁になる資格があることで選民意識が強い。周囲に大切にされすぎて、高慢になることもあると聞いていた。

リアムは旅一座の子供として普通に育ったが、それでも他の子供たちと区別はされていたと思う。

同じお手伝いをするのでも、薪《まき》割りや料理といった怪我をする危険のある作業からは遠ざけられていたのである。

竜王の花嫁に選ばれれば大変な名誉であり、諸々の厚遇を得ることもできる。痣のある子供は、一族の希望の星といった扱いを受けることが多かった。

もしかしたら気乗りのしなかった花嫁候補もいたかもしれないが、美しく逞《たくま》しい竜王を見てみんな目が爛々《らんらん》としていた。

アリスターが玉座に座ると、アリスターについてきて、背後に立った竜族の男性が花嫁候補の紹介をしようとする。

「竜王様、今回の花嫁候補は三十二名。まずは貴族の娘から——……」

続く言葉は、アリスターの手が上がることで遮《さえぎ》られる。

「必要ない。私は、花嫁を決めた」

「ええっ⁉」

「なんと？」

「まさか……っ！」

百年も花嫁候補を退け続けた竜王の突然の宣言に、驚いたのは竜族たちだ。

今回こそ花嫁が見つかるといいと思いながらも諦め半分だっただけに、まだ紹介もしないうちの宣言に驚きも大きかった。

リアムからすると、嬉しいようなガッカリのような複雑な気持ちだ。昨日来たばかりだから城の見学もできていないし、コンラッドが約束してくれた布ももらっていない。

一ヵ月も引き留められるのは困るが、一週間くらい滞在したかったのに…と思ってしまう。

（アリスター様の花嫁が決まったっていうことは、すぐに帰されちゃうのかな……）

残念…と呟いて顔を上げると、アリスターとバチッと目が合う。

「――」

美しく輝く金色の瞳に捕らわれ、視線を外すことができなかった。

「私の花嫁は……」

アリスターは玉座を下りて候補者たちの中を進んでいき、リアムの前に立つ。

（な、なんで……？）

リアムが呆然《ぼうぜん》としていると手を取られ、その甲に口付けられた。

「リアム、お前が私の花嫁だ」

「うえぇあ⁉」

驚きのあまりおかしな声が出てしまい、それにアリスターがクックッと笑う。

「やはり、お前は面白い。……ほら、不思議なことに頭痛が消えていく……」

その言葉にリアムはハッと息を呑む。

「あっ…やっぱり頭痛だったんですね。大丈夫ですか？」

思わず手を伸ばしてアリスターの額《ひたい》に手を当てると、まわりの竜族たちが息を呑んでざわついた。

「ああ、大丈夫だ。リアムに触られると、気持ちがいい」

「それはよかった…じゃなくて、オレが花嫁ってなんでですか？　冗談？」

「本気だ。リアムといると頭痛がなくなり、気分がいい。楽しい。それで充分だろう？」

「えー…困る」

慢性的な頭痛に悩まされているのはかわいそうだが、そんな理由で花嫁にされるのは困ってしまう。

「オレ、竜王様の花嫁なんて柄じゃないです」

「リアムなら大丈夫だ」

「いやいや、そんな気軽に大丈夫って言われても…全然根拠ないし」

「竜王の花嫁は、竜王が気に入った相手だ。私はリアムが気に入った」

「そんなこと言われてもなぁ」

リアムは一生懸命、自分には無理だと伝えるのだが、アリスターは聞き入れようとしない。

何しろアリスターは生まれたときから黒色のウロコを持ち、皆から傅《かしず》かれてきた竜王なのである。

「誰がなんと言おうと、リアムは私の花嫁だ。――分かったな、お前たち」

「はいっ」

「アリスター様、おめでとうございます」

「おめでとうございます」

竜族たちはようやく竜王が花嫁を迎え入れてくれる気持ちになったことを喜び、常になく楽しそうな竜王の様子を歓迎している。

しかし他の花嫁候補たちは、リアムに強烈な嫉妬《しっと》の目を向けていた。

（ぎゃーっ。目で殺されそう！）

三年に一度の、竜王と接触できる貴重な機会。

我こそが竜王の花嫁にと意気込んできた候補者が多いだけに、交流をする前に竜王が花嫁を決めてしまうなんてと怒っていた。

激しい嫉妬の念に包囲され、リアムは思わずアリスターの腕にヒシとしがみついてしまう。

「うん？　どうした」

アリスターは嬉しそうに笑って、よしよしとばかりにリアムの頭を撫でる。

そのせいで余計に候補者たちの顔つきが怖くなったが、アリスターの視界には入っていない様子だった。

けれどリアムがまわりの目に怯《おび》えているのには気がついたらしく、リアムを腕の中に抱え込んで守ろうとしてくれる。

「ローランド、私の花嫁は決まった。他の候補者たちにはもう引き取ってもらえ」

「かしこまりました」

ローランドと呼ばれた水竜と思われる竜族の男性は、頷《うなず》いて他の竜族たちに合図をする。

そして、まだ一言も竜王とお話ししていないのにと愚図《ぐず》る候補者たちを、広間の外へと追い出してしまった。

竜族だけになったところでアリスターはヒョイとリアムを腕に抱き上げ、彼らに見せつけながら宣言する。

「これが私の花嫁の、リアムだ。婚儀は一ヵ月後の満月の夜とする。リアムの望みは、私から離れること以外、なんでも実現させるように」

「かしこまりました」

「竜王様、おめでとうございます」

「リアム様、おめでとうございます」

口々の唱和に、リアムは困惑した。

「ええっ…決定？　オレ、竜王様の花嫁？　うそー…無理って…無理って言ってるのに……」

誰も言うことを聞いてくれないとブツブツ文句を言うが、すぐ近くで聞こえているはずのアリスターは無視だ。

「欲しいものはなんでも手に入れてやる。大切にするから、安心するといい」

「それなら、他の人を花嫁に選んでほしいです」

「それは聞けない。私の花嫁は、リアムだけだ」

「えーっ」

口を尖《とが》らせ、不満の声をあげるリアムだが、アリスターに抱えられたまま運ばれてしまう。

広間を出て建物を抜け、城へと向かっているらしい。

大股《おおまた》でグイグイ歩いているが、何しろ広い敷地なので、近くに見えてもかなりの距離があった。

「あの…アリスター様、疲れませんか？　オレ、自分で歩きます」

「リアムは軽いから、大丈夫だ。むしろ、リアムの歩幅に合わせて歩くほうが疲れる気がする」

「うっ…ひどい……」

リアムとアリスターでは、身長にして優に二十センチ以上…もしかしたら三十センチ近く差があるかもしれない。竜族は全体的に大柄だが、中でもアリスターは身長が高かった。

だから当然、リアムとは歩幅に差がありすぎる。

実際、アリスターの歩調はリアムには馴染みのないもので、グングンと前に進む感じが気持ちいい。楽でもあることだし、初めて見る城の内部を好奇心いっぱいで見回した。

「やっぱり立派だな～。廊下は広いし、天井も高い。竜の姿でも大丈夫なようにですか？」

「一応、城の中では人型になるように言ってあるが、竜のときでも通れる」

「竜って大きいから、気をつけないとぶつかりそう……」

「ああ。人間を薙《な》ぎ飛ばすことになりかねない。だから原則、人型なんだ」

「なるほどー」

最上階はすべて竜王と花嫁のための空間で、やはり天井が高い。そして竜の姿でも寛《くつろ》げるようにか、やたらと居間も寝室も広かった。

竜王の寝室と花嫁の寝室は別だが、中の扉で繋《つな》がっている。

「花嫁の間にもベッドはあるが、リアムは小さいから私と一緒でいいだろう」

「小さくないです！　全然、小さくないですからっ。平均より、ほんのちょっと下なだけで、アリスター様が大きすぎるんですよ」

おまけに竜王であるアリスターのまわりを固めるのは竜族ばかりで、ローランドが世話係を兼ねた右腕らしい。城で働く人間とはあまり接触がないとのことなので、リアムが小さく見えるのも納得だった。

「……でもオレ、ホント、平均よりちょっと下なだけですから」

「抱えやすくていいじゃないか。腕の中にピッタリ収まるサイズだぞ。リアムが一緒なら、安眠できそうだ」

「えー……」

そう言われると、嫌だとは言いにくい。

数十年に及ぶという頭痛…痛みで目が覚めることもあったなんて聞いているだけに、ついついかわいそうなどと思ってしまった。

聡《さと》いアリスターはそれを読み取ったのか、ニヤリと笑って言ってくる。

「かわいそうだろう?」

「うー…全然かわいそう感ないけど、ずーっと頭痛っていうのはなぁ」

「今は、リアムと一緒にいるから痛くない。あんなに長い間、苦しめられていたのにな。やはりリアムは私の花嫁だ」

「えーっ。うーっ。それはちょっと。オレには、竜王の花嫁なんて荷が重すぎます。あがり症って言ったじゃないですか〜。竜王の花嫁なんて、絶対に無理。大勢の前で変な動きをしたり転んだりしたら、アリスター様が恥《はじ》をかくことになりますよ」

「ああ、手足が一緒に出るんだったか? 可愛いじゃないか。私はむしろ、見てみたいが」

「オレは嫌なんです。すごく恥ずかしいんですからねっ」

「竜王の花嫁を笑う者などいないから大丈夫だ」

「そうかもしれませんけど、オレには無理っ」

無理無理と言い張ると、アリスターは不思議そうにリアムを見た。

「どうしてそんなに嫌がるんだ? すべての竜族と人間に傅かれる存在だぞ」

「オレは、傅かれても嬉しくないです。肩凝りそう」

「今までの花嫁候補たちは、花嫁になりたくて鬱陶《うっとう》しかったのに——富も栄誉も、金銀財宝も、思いのままだ。ああ、あとで宝物庫に案内しよう。美しいものが山ほどあるから、好きなものを取るといい」

「それ、見たい！　……けど、欲しいわけじゃないですから。興味はすご～くあるけど、そんなの持っててもしょうがないし」

「欲がないな」

「欲はあるけど、そっちの方向性じゃないっていうか……」

「欲しいものはないのか？」

「うーん…欲しいものって言われてもなぁ……。旅をして回ってるから、余計なものは持てないんですよ。衣装や舞台の道具だけでも結構な量になっちゃうし」

荷物が増えれば馬車も増やさなければいけなくなる。維持費も手間も増え、養えるだけの人数で回している旅一座には難しいことだった。それゆえリアムも余計なものは持たない生活に慣れていた。

見れば欲しくなるものはたくさんあるが、旅が続くことを考えれば無理だな…と諦めがつく。どうしてもと思うものはなかったのである。

「それなら、食事はどうだ？　ちょうど昼食が運ばれてきた」

その言葉とほぼ同時に扉がノックされ、アリスターが入るように言うとローランドが現れた。

「失礼いたします。本日の昼食はキジのローストなのですが、リアム様はお嫌いではありませんか？」

「キジ？　大好きです！」

「それはよかった。たくさん食べてくださいね」

「はいっ」

食事用の部屋だというだだっ広いダイニングルームに移ると、すでに食事の用意がされている。

キジが丸ごと一羽、ドンと長大なテーブルに載っていた。

長いテーブルの端と端に分かれて座らされる。アリスターと距離があるので、つい声が大きくなる。

「うわー…お昼から、豪華ですね。アリスター様はいつもこんなご飯を食べてるんですか？」

「ああ」

「いいなー。それはすごくうらやましいかもです」

「リアムもこれからはこういう食事だぞ。好きなものを言えば、料理人たちが作ってくれる」

「うーん、うーん」

それは魅力的だと唸《うな》るリアムの前に、ローランドが取り分けてくれた皿が置かれる。こんがり焼かれたキジ肉と、付け合わせの温野菜。たっぷりとソースをかけられ、見るからに美味しそうである。

薄緑色でとろみのあるスープも一緒に出され、リアムは遠慮なくスプーンを手に取った。

「美味し〜い。アリスター様、このスープ、よく分からないけど美味しいです」

「豆のスープだな」

「豆？　豆はよく食べますけど、全然違いますよ」

「茹《ゆ》でてから、裏漉《うらご》しをしているんだ」

「へー。一手間かけると、全然違うんですね」

その一手間が大変なのだ。一座全員の分のスープを裏漉しするのは、労力的にも時間的にも無理がある。

「やっぱり竜王様の料理人は一流なんだなぁ」

せっかくだから堪能しようと、リアムはキジ肉に取りかかる。

「美味しい、美味しい、美味し～い。たまに食べるキジのローストと全然違う。しっとりジューシー。なんで～？」

「肉は、火の入れ方でまったく変わってくるぞ。私の料理人は、煮込みも旨い。それに菓子専門の料理人もいるしな」

「あっ、昨日、木の実のクッキーと、果物のケーキを食べました。あまりの美味しさに、うっとりしちゃいましたよ」

「リアムは甘いものが好きなんだな。それなら、朝と昼にもつけさせるか」

「ええっ。さ、三食全部デザート付き？　なんて贅沢…贅沢すぎる……」

「三食プラス、オヤツだな」

「うわー……」

竜王の花嫁っていいかも…と、誘惑される。

旅をしている間は毎日同じような食べ物が続くリアムにとって、これ以上ないほどの贅沢だ。何しろ旅の食事といえば、干し肉と日持ちのする野菜や豆のスープばかりである。菓子など、町に入ってから買ってもらえるごくたまのお楽しみだった。

子供にとって馬車に揺られ続ける旅はきついものなので、町に着くとがんばったご褒美にと安い菓子を買ってもらえた。

リアムはあんなにたくさんの木の実が入ったクッキーや、果物がたっぷり乗ったケーキなど食べるのは初めてなので、一日に四回も食べられると聞いては嫌と言う勇気が出ない気がする。

「オレってば、食べ物に弱い……」

情けなくてガックリと肩を落とすが、ローランドが急遽《きゅうきょ》用意させたという作りたてのパンケーキを前にすると目が輝いてしまう。

「熱々のパンケーキに、たっぷりバター。蜂蜜《はちみつ》トロトロ～。贅沢すぎるぅ」

菓子専門の料理人がいるというだけあって、パンケーキは見たことがないほどフワフワだ。

「ほあぁぁぁ～」

思わず花嫁になると言いたくなるほどの威力を持つパンケーキに、リアムはうっとりとしてしまった。

「幸せそうに食べるなあ。パンケーキが好きらしい」

「大、大、大好きです！　うう〜ん、美味しい」

「可愛らしいことだ」

「アリスター様は食べないんですか？」

「私は肉のほうが好きだからな」

その言葉どおり、キジ一羽のほとんどはアリスターが平らげた。体格に見合った胃袋の持ち主らしい。

キジも美味しいが、リアムにとってはバターと蜂蜜をたっぷりかけたパンケーキのほうが重要なので、ニコニコしながら最後の一切れまで食べた。

「ご馳走《ちそう》様でした。美味しかった〜」

「気に入ったようでよかった。財宝よりも食べ物のほうが、リアムを説得するのに効きそうだ」

「このご飯は、誘惑が激しいです。あっ、でも、宝物庫、見せてくださいね。竜族の宝物がどんなのか見てみたい」

「キラキラですごいぞ」

「へー」

「それじゃ、腹ごなしに見に行くか」

「はいっ！」

ついでに城の中も案内してもらいつつ、大きな錠《じょう》がついている宝物庫へとやってくる。

美しく立派な扉を開けると、中はまさしく宝の山だった。

「う、うわー…キラキラ。金の王冠に、金の甲冑《かっちゅう》。金の剣…ついてる宝石も大きいですねー。おおっ、こんな大きなルビーってあるんだ……」

目に飛び込んできた黄金の量に圧倒されたが、一つずつ個別に見ると、どれも装飾が施された豪華で美しいものばかりである。

特に宝石は、その大きさといい色といい、うっとりと見入ってしまう。

「ダイヤ、サファイア、エメラルド…綺麗だなぁ」

町の装飾品店にあるのは小さな宝石ばかりで、こんな大きなのを見るのは初めてである。そもそも子供っぽいうえに男のリアムは、宝飾品店に入ることもできなかった。

だからこんなふうに間近で見られるのは貴重な体験である。

「リアムは宝石が好きなのか？」

「だって、綺麗じゃないですか」

「リアムにやるから、好きなのを選ぶといい」

「えっ⁉　いや、いりません！　こんなの持ってたら、盗られないようにしなきゃってビクビクしっぱなしになっちゃいます」

「誰が竜王の花嫁から盗むんだ？」

「あー…うー…花嫁……うー……」

それは決定なのかと、怖くて聞くことができない。聞いたら、決定だと言われるのが分かっていた。

アリスターはリアムに優しいし、気遣ってもくれるが、傅かれることに慣れた竜王なのである。自分の意思が絶対だし、リアムがいくら無理だと言っても聞き入れる気はない。

「なかなか花嫁という立場に慣れないのは当然だ。婚儀まで一月《ひとつき》あるから、少しずつ慣れていけばいい」

「うーん、うーん、花嫁……」

唸るリアムの胸元に明るく輝くエメラルドの首飾りを当てられたかと思うと、アリスターは満足そうに頷く。

「リアムには、エメラルドが似合う。どれ、つけてやろう」

背後に回ったアリスターがリアムに首飾りをつけると、リアムはその重量にうっと呻《うめ》く。

「お、重い……」

巨大なエメラルドにふさわしい大ぶりで豪華な金の首飾りは、重量も相当なものがある。下から誰かに引っ張られているような重さを感じ、よろめいてしまった。

「無理、かも。アリスター様、外してください。重い～っ」

「これが重いのか？」

「すっごく重いです。何キロあるの、これ。うーっ」

竜王のために作られただろう首飾りは、普通の人間には重すぎる。立派な体格だけでなく、頑健さや膂力《りょりょく》においても人間と竜族では大きな差があった。

アリスターは呆《あき》れたような顔でリアムから首飾りを外すと、それを目の前に翳《かざ》して首を傾げる。

「重いか？」

「はー…めちゃくちゃ重かったです。金があんなに重いって、知りませんでした」

何しろ旅芸人に金貨は縁がない。銀と銅しか持ったことがないから、金の重さなど知るはずがなかった。

「アリスター様は、本当に重く感じないんですか？　つけてみてください」

「いいぞ」

そう言うとさっさと首飾りをつけるアリスターに、リアムは首を傾げて聞く。

「重くないですか？」

「いいや、まったく」

「すごいなー。あれが重くないんだ。あっ…ということは、もしかして王冠もすごく重いんですか？」

「リアムには重いかもな。試してみるといい」

アリスターは笑って宝物庫の中心に据えられている王冠をヒョイと取り、リアムに被せようとする。

「ま、待って、待って！　これ、王冠ですよ？　よく分からないけど、竜王様以外が被るのはまずい気がします」

「ただの物にすぎない。気にするな」

「そ、そうかなぁ」

まぁ、ここにいるのは自分とアリスターだけだから…なんて考えている間に頭に王冠が乗せられ、アリスターがソッと手を離した途端、ズシリとした重さに悲鳴をあげる。

「お、重い、重い、重いーっ。取ってー。アリスター様、これ、取ってくださいっ」

自分で取ろうにも、重くて持ち上がらない。あまりの重さに膝《ひざ》が崩れ落ちそうになるし、首の骨が折れるかもしれないという恐怖にも襲われた。

「やっぱり重かったか」

アリスターが笑いながら王冠を取ってくれて、リアムはハーッと大きく息を吐き出す。

「重かった…すごく重かった……。アリスター様、生誕祭のとき、これを被ってバルコニーに出てきますよね？　本当に重くないんですか？」

「ああ」

「すごいなー。オレ、首の骨が折れるかと思いました。あっ…せっかくだから、王冠を被ってください。遠くからしか見たことがなくて、もっと近くで見たいなーってずっと思ってたんですよ」

「いいぞ」

ヒョイと無造作に頭に乗せると、王冠と首飾りとで立派な竜王のできあがりだ。

「うわー…やっぱり格好いい。そんなすごい王冠と首飾りに負けないなんて、すごいなぁ」

「格好いいのか？」

「めっちゃくちゃ格好いいです。アリスター様、存在感のある超絶美形だから、いかにも竜王様って感じですね」

あまりにも自分と違いすぎて、うらやましいという感情も生まれない。美しいものは目に楽しいなぁと、アリスターのまわりをグルグル回って竜王としての姿を堪能した。

「お目通りで、竜王様を近くで見られるかもって楽しみにしてたんですよ。痣のおかげで美味しいものを食べられて、お城見学もできるかもしれなくて…ラッキーなんて思ってたんですけど……」

「花嫁になれて、城を見学だけではなくて住むことにもなって、毎日ご馳走とオヤツだ。とてもラッキーだな」

「ううっ…過分なラッキーはいらなかったのに……」

花嫁候補として普通では立ち入れない場所に入れて、見られないものを見られるだけでよかったのだ。花嫁に選ばれたいなんて、思ったこともない。

面倒なことになったなぁと頭を抱え、思わずアリスターに文句を言ってしまう。

「アリスター様ってば、どうして昨日、あそこにいたんですか？　会わなければ、オレなんて目に留まらなかったはずなのに」

「気分転換に飛んでいて、花嫁たちの庭が慌ただしいのに気がついた。そういえば花嫁候補たちが来る日だったかと通り過ぎようとして、なんとなくリアムが気になったんだ」

「えー、なんとなく？　昨日、いろいろな色の竜を見ましたけど、黒はいなかったですよ。昨日は天気がよかったし、黒は目立つから気がつきそうなのに」

「ああ、私は姿を消せるから」

「は？　姿を消せる？　どうやって？」

「ウロコの色を変化させて、背景に溶け込ませるんだ」

「何、それっ、すごい！　見たい…見たいです、アリスター様！」

リアムが目をキラキラさせてねだると、アリスターは苦笑しながら言う。

「ここでは、まずい。廊下でならいいぞ」

「はいっ」

王冠と首飾りを元の位置に戻して廊下に出ると、アリスターは竜の姿を取った。

深く強い黒色のウロコはきらめきを放ち、地味な色のはずなのに美しいと感じる。

「おおーっ、黒竜、格好いい！　強そうです」

「強いんだが……」

ボソリと呟いたかと思うと、アリスターが見えなくなっていく。

「お？　あ？　いなくなった……いや、いる。よーく見ると、いる。えー、何これ、すごいっ」

透明になったように思えるが、実は違う。すべての色を持つという竜王が、背景と同じ色彩へと変化したのである。

リアムは興奮し、すごいすごいと言いながらアリスターにペタペタと触っているのを確認した。

「アリスター様、すごいです！」

「そうだな。なぜ見えなかったか、分かっただろう？」

「はい。こんな近くでもよく見ないと分からないんだから、空を飛んでたら気がつくはずありません。うーん、すごい」

リアムはもう、その言葉しか出ない。

そしてアリスターが人型に戻るのにガッカリしつつ、不思議に思ったことを聞く。

「竜族の本体は、竜のほうなんですよね？　竜のときは何も着てなかったけど、今は着てる…服ってどうなってるんですか？」

「力を使って自分の中に取り込み、人型になるときに戻す。これはある程度成長してからでないとできないから、子供のうちはダブダブの服を着せることになる」

「ああ、竜の姿になるたびに服が破れてたら、もったいないですもんね」

「そういうことだ。特に赤ん坊の頃は、いつ竜になるか分からないからな」

「赤ちゃん竜って、どれくらいの大きさなんですか？　卵、そんなに大きくないって聞きましたけど」

「そうだな…こんなものだ」

アリスターが指で示した大きさは、せいぜい五センチ。大人の竜は見上げるほどの巨体なのに、卵はそんなに小さいのかと驚いた。

「人型を取るのは、孵化《ふか》して一ヵ月から三ヵ月というところだ。竜のほうが安全だからな」

「なるほどー。ちゃんと本能で分かってるんですね」

「ああ」

「手のひらサイズの赤ちゃん竜、見てみたいな～。可愛いだろうなぁ」

「自分で産むといい。きっと、私に似た竜が生まれてくる」

「うっ…じ、自分で……ううっ…考えられない……」

花嫁候補の痣があり、自分が竜族の花嫁になれるのは知っているが、リアムはそんなつもりなどなく育ってきた。

竜王の花嫁なんていう大それたことはもちろん、竜族の花嫁になる気もなかった。ごく普通に、旅芸人の誰かと結婚するのではないかと思っていたのである。

それがよりによって竜王の花嫁となり、卵を産むというのは想像もしなかった。

「卵…うーん、卵……」

「小さなものだから、体への負担はないらしい。気がつかないうちに産まれていたなんていうこともあるようだぞ。起きたらベッドに卵が転がっていて、驚くとかな」

「ええ？　それ、潰しちゃったらどうするんですか？」

「問題ない。竜の卵は頑丈で、よほどのことがないかぎり割れたりしないからな」

「へー」

「だからリアムも安心して産むといい」

「いやいや、それはまた別の問題で……」

竜王の花嫁なんて自分には無理だと何度も訴えるが、アリスターは聞き入れてくれない。

リアムは無理無理と言いながら階段を上り、最上階まで戻ろうとする。

しかし宝物庫は一階で、竜王と花嫁の居住空間は五階。アリスターに合わせて一気に上るには、少々苦しいものがある。

四階にさしかかったあたりでペースが落ちたのを見て、アリスターはリアムをヒョイと腕に抱え上げてしまう。

「リアムは体力がないな。小さいからか？」

「ううっ…否定できないかも。竜族の体格に合わせているからか、ここの階段、一段が普通より少し高い気がします。だから疲れちゃうんですよ」

「ああ、リアムの歩幅だと大変なのか」

「はい」

アリスターにとっては普通の一歩でも、リアムには無理をしての一歩だ。疲れやすくて当然だった。

ここまで来ると他に人もいないことだし、アリスターに運ばれるまま楽をさせてもらった。

ローランドが扉を開けてくれて居間に入ると、そこには大量の布が運び込まれており、たくさんの色彩で溢《あふ》れ返っていた。

「うわっ、すごい量の布」

アリスターに下ろしてもらったリアムは、驚きながら布の山に近づいた。

「リアムが欲しがったものだろう？　好きなものを選ぶといい。遠い地から取り寄せさせているものは、もう少し時間がかかる。一座には帰せないが、それ以外の望みは叶えるぞ」

「えー…本当に帰っちゃダメなんですか？」

「ダメだ。リアムは花嫁として私の側にいろ」

「うーん…別に、花嫁としてじゃなくてもよくないですか？　普通に友達として、お城を行き来するとか。竜に乗せてもらえば、どこにいたってすぐに来られるし」

「……………」

その言葉にアリスターは考える様子を見せる。

「旅一座に戻る？」

「はい。だってオレが生まれ育った場所だし、両親や仲間がいるから」

「……………」

もしかして説得できるかな…と淡い期待を抱いていたが、首を横に振られてしまった。

「ダメだ。私から離れることは許さない」

「えーっ」

「それに、どうも私は、リアムに私の卵を産ませたいらしい」

「えええええーっ!?」

驚愕の声を上げるリアムを抱き寄せ、アリスターは頬や首筋、肩を手のひらでなぞる。それからふっくらとしてやわらかい唇にプニプニと触れ、唇を重ねてきた。

「——!?」

目が回るようなキス。リアムは驚き、バタバタと手を振ったが、すぐにアリスターに押さえ込まれて濃厚なキスに呑み込まれていった。

「んぅ…ふ……ぁん……」

侵入してきたアリスターの舌が、リアムの口腔内を好き勝手に動き回る。内側を舐《な》め回され、舌に吸いつかれて、リアムは目を回してしまう。

ようやく唇が離れたときにはもうヘロヘロで、自分で立つのも難しい状態だった。アリスターがしっかりと抱え込んでくれなければ、座り込んでしまったに違いない。

しかしだからといってアリスターに感謝などするはずもなく、リアムはハッと我に返ると涙目で文句を言う。

「オレのファーストキス！　ひどい、ひどいっ。返せ！　戻せ‼」

「ファーストキスだったのか」

アリスターは驚いたような顔を見せたかと思うと、嬉しそうに笑う。

それから、怖いような凄《すご》みのある笑みを浮かべた。

「私が初めてでよかった。余計な殺しを命じなくてすむ。リアムの初めてはすべて私がもらうし、私以外、リアムの唇や体を知る者は存在させない」

「え……」

なんだかすごく怖いことを言われていると、リアムは怯える。ものすごく大ごとになりそうな予感に震えた。

「旅一座には、金と色がつきものだ。そんなところにリアムを戻すつもりはない。両親や仲間に会いたいと言うのなら…そうだな、町に一座のための劇場を造らせよう。そこで芸を披露す

ればいい。会いたいときは、私が同伴の場合のみ許可をする」

「ええーっ」

「もちろん一座のための住居や生活費も負担するから、心配しなくていい」

「えええーっ。ま、待って！　待ってください。いろいろなことがありすぎて、頭がついていきません。少し考える時間、ください」

「それは構わないが、私の意思が覆ることはないぞ。早速、劇場造りに取りかからせよう」

「うわー……」

竜王の権力が絶大なのは知っているが、ポンと劇場を造るほどとは思わなかった。

一座は竜王のお抱えということになるのだろうが、それが自分のためだと思うと動揺してしまう。

「劇場って…贈り物にしては、大きすぎる……」

「花嫁のためなら、大したことではないぞ」

「ううー……」

ただの人間と竜王とではスケールが違うと、リアムは頭を抱えた。

午後のオヤツは、昨日とは違う果物のケーキ。

リアムのことが知りたいとアリスターに言われ、座り心地のいい長椅子に並んでたくさん話をした。

活気があって忙しない旅一座の生活と、看板描きや衣装作りに子守りをするリアムの目まぐるしい日々。

リアムのほうも竜王や竜族の生活には興味津々だから、互いにいくつも質問をして話は尽きなかった。

「……リアムは、私といても平気だな」

「え？　平気って…どういう意味ですか？　オレ、やっぱり不敬罪な感じ？」

アリスターが離さないから仕方ないとはいえ隣に座っているし、テーブルに置いてあったクッキーまで摘まんでしまっている。一応、アリスターの分は手をつけないようにしていたが、やはり図々しかっただろうかと慌ててしまった。

オタオタするリアムに、アリスターは笑ってリアムの頭を撫でながら言う。

「違う、違う。どうも私は相手を圧倒するような気を発しているらしく、一緒にいると気詰まりするようだ。同じ竜族でさえ居心地悪く感じるようなのに、リアムは平気そうだ」

「迫力あるな～とは思いますけど、竜王様なら当然かなって。オレ、呼び込みもしてるから人と接するの慣れてるし、危ない人以外は大丈夫かも」

「強盗とか人攫《ひとさら》いとか…暴力で食べてる男って、独特の雰囲気があるんです。旅して回るとそういう目が肥《こ》えてくるから、近寄らないようにしていました」

「そうか…賢いな」

「旅芸人の女性や子供は、人攫いに目をつけられやすいんです。でも竜王をいただくこの国には竜族もたくさんいて、犯罪に厳しいでしょう？　おかげで他の国よりずっと治安が良くて、被害も滅多にありません。だからオレたち旅芸人は竜王様にすごく感謝してるんですよ」

「そうなのか？」

「はい。なので、ありがたや～と拝むことはあっても、怖いと怯えることはない気がします」

「……拝まれたくはないな」

嫌そうに顔をしかめるアリスターに、リアムは笑って頷く。

「確かに、拝まれても困っちゃいますよね」

「ああ、とても困る。しかし…旅一座がそんな危険なものだとはな。リアムに何もなくてよかった」

「アリスター様のおかげです。ありがとうございます」

屈託なく笑って感謝を述べると、アリスターは困ったようななんとも複雑な表情を浮かべる。

「ある意味、竜族が暇なおかげだな。一時期、山賊狩りだの海賊狩りだので遊んでいたから、それでだろう」

「あ、遊び？」

「山賊や海賊一人につき一ポイント、首領は十。その他の犯罪者もポイント制にして、誰が一番か競っていた」

その言葉にリアムはポカンとしてしまう。

十数年前、竜族による大掛かりな犯罪者一掃作戦が展開され、この国は驚くほど治安が良くなったのだが、それが竜族の遊びとは考えもしなかった。

なんともありがたいと感謝し、竜王への畏敬《いけい》の念がよりいっそう高まった出来事なのに、遊びだったと言われて呆れるしかない。

「オレたちにとってはとてもありがたいことだったのに……」

「あの遊びはとても楽しいらしく、今もときおり他の国でやっているようだ。人間に感謝されて竜族の名声も高まるし、一石二鳥というところだな」

「うう～ん」

やっぱり竜族は人間とは能力も思考方向性も違うのだと、リアムは頭を抱えることになってしまった。

この日の夕食はメインが牛肉の塊を焼いたもので、赤みの残るそれを恐る恐る食べたリアムは、その美味しさに驚かされた。

そしてデザートは、チョコレートを溶かしたものを、果物や焼き菓子につけて食べるというものだった。

チョコレート自体がとても高価だし、あたためて溶かしたものなど初めてだったので、甘さとほろ苦さにうっとりとした。

「美味しすぎるぅ」

「花嫁になりたくなってきただろう?」

「うう…誘惑激しい……」

用意してもらった布は、空いている部屋に収納してくれるとのことだ。レースやボタンなどもいろいろと取り揃えられて、ちょっとした店並みになっている。見たことがない織物などもあって、創作意欲を刺激された。

劇場を造るという話といい、過分なまでに甘やかされていると思う。

「でもオレ、花嫁なんて……」

リアムはごく普通…というより、ちょっとダメなほうに入る人間だ。旅芸人一座に生まれながら舞台に立てないことが、リアムの劣等感になっている。

両親は芝居も歌も上手で、長いこと看板役者を務めていたのに、どうして自分はダメなんだろうと落ち込んできた。

だから竜王の花嫁なんていう立場にはふさわしくないと思ってしまう。

「リアムなら大丈夫だ」

「いや、だから、全然根拠ないですよね、それ」

「私が選んだのだから間違いない」

「……」

自分に自信がある相手に説得は無駄かと、頭が痛くなる。

どう言えば諦めてくれるのかなぁと考えてみるが、そう簡単に妙案など思いつくものではなかった。

食事が終わって居間に戻り、まったりとした時間を過ごす。するとノックのあとにローランドが入ってきて、入浴の準備ができたと言った。

「そうか。リアム、風呂に入るぞ」

「ん？　お風呂…ですか？　一緒に？」

「ああ。リアムは小さいから、余裕で入れる」

「アリスター様が大きいだけ…じゃなくて、本当に一緒に？」

「そう言ったろう。さぁ、行くぞ」

「えっ！　いやいや、待って。一緒にお風呂は、ちょっとどうかと……」

「何か問題あるか？」

「大ありです！　一緒はまずいと思います。オレ、花嫁になる覚悟なんてまったくできてません～」

一緒に風呂に入るということは裸になるということで、そのまま体の関係を結ばされる可能性もある。むしろ、ないほうがおかしいような状況だ。

キスをされる前までのリアムなら、まぁいいかと一緒に風呂に入ったかもしれない。けれどあんな濃厚な、舌を絡められるキスをされたあとでは警戒心が芽生えて当然だった。

旅一座としてあちこちの土地を回り、いろいろなものを見てきたリアムには、それなりの性知識がある。一足先に大人になったお姉さんやお兄さんが教えてくれるのだ。

その中には男同士のやり方もあって、こちらは主に受け身の大変さ、無理をするとどれだけ大変なことになるかなどを脅しも交ぜて教えられた。

受け身経験者から、軽い気持ちでするものじゃないよと言われたのだ。

翌日、受け入れた部分はもちろんのこと、腰や足、肩や腕も痛くて痛くて大変だったと言っていた。

普通の人間の男が相手でも大変なら、竜王はどれほどのものか……。人間より体格のいいアリスターの性器が、人間の男性より小さいということはない気がする。

下手したら裂けてしまうかもしれないという恐怖がリアムにはあり、そういう意味でも竜王の花嫁なんて無理だと思っていた。

しかし、相手は竜王。アリスターの意思は絶対で、リアムはお願いするしかない。

「べ、別々に！　別々でお願いします」

「ああ、そのままやられるかもしれないと怯えているのか」

「やら…まぁ、そうなんですけど……」

「安心するといい。誘惑はするが、無理強《じ》いはしない。力ずくでリアムを手に入れても仕方がないからな。私が欲しいのは、リアムの体ではない」

「そう…なんですか？」

「一緒にいるときの心地好《よ》さが重要なのに、無理強いすれば台無しになるだろう？」

その言葉に、リアムはうんうんと頷く。

「確かに。ひどいひどいって、恨《うら》むと思います」

「それでは意味がない。怒るのは構わないが、恨まれるのはな……」

「嫌なんだ…そっか……」

やはりアリスターは、リアムのことを大切に思っていてくれるらしい。恨まれるのは困ると言うアリスターに、リアムはホッとすると同時に嬉しかった。

アリスターは竜王で、人間とはレベルの違う完璧な容姿と存在感の持ち主だ。

思わず見とれるようなアリスターになぜ自分が見初められたのか不思議だが、困ったなと思いつつ、自尊心がくすぐられるのは確かだった。

芸人としては能無しで、それでも一座の役に立とうとがんばっていた自分が、少し認められたような気がする。

「そういうわけだから、一緒に入っても問題ないな」

「えー……うーん……」

いや、でも、やっぱりそれってどうなんだろうと唸るリアムを、アリスターがヒョイと抱え上げてしまう。

「湯が冷める」

そう言って、同じフロアにある浴室へと運ばれてしまった。

大衆浴場並みに広い脱衣所には、大きな鏡とクローゼット、寝椅子まである。どうやら浴槽は、ガラスを嵌《は》め込んだ扉の向こう側らしい。

「お城の最上階にお風呂？　すごい…お湯を運ぶの、大変ですね」

「水車で汲《く》み上げているんだ」

「へー」

それでもやはり二人も入れるような大きさの浴槽分の湯を溜められるものなのだろうかと考えていたリアムだが、アリスターはさっさと服を脱ぎ始めている。

「リアムも脱げ。モタモタしていると、私が脱がせるぞ」

「うう……」

力で敵《かな》うはずがないし、余計な刺激もしたくない。リアムはアリスターに背を向けると、飾りの多い王子様風の衣装を脱いでいった。

ヒラヒラのレースに覆われていて、ボタンが外しにくい。

気が進まないこともあってモタついているのを、アリスターが面白そうに見ているのに気がついた。

「み、見ないでください～」

「それなら、手伝うか？　私は脱ぎ終わったぞ」

「手伝うのもなしで。先に入っていればいいじゃないですか」

入ってくれという気持ちを込めて言うが、アリスターはニヤリと笑う。

「私が先に入ると、逃げ出す気がしてな」

「そんなこと……」

ないとは言えないから、困ってしまう。一人きりになったら、やっぱり無理と脱走しそうだった。

今も服を脱ぐ手は止まりがちだし、裸のアリスターのほうを見ることもできない。どうしてこんなことになったんだろうと思いつつ、服を脱いでいった。

「ずいぶんと時間がかかったな」

からかうように笑うアリスターに、リアムは口を尖らせる。

「だから、先に入っててくださいって言ったのに……」

「一人で入っても、つまらん。さぁ、行くぞ」

「はぁい……」

相変わらずアリスターのほうを見られないが、手を引かれては仕方ない。

扉を開けて浴室に入るアリスターのあとをついていき、想像より遥かに大きな浴槽に驚きの声をあげた。

「広い！　大きい！　これなら二人でも、余裕で入れますけど…なんでこんなに大きいの？　ここ、お城の最上階なのに」

湯を沸かすのは、なかなか大変な作業だ。乾いた木が必要だし、時間もかかる。だからリアムたち旅芸人は、夏は川で水浴びをし、冬は濡らしたタオルで体を拭くだけで、町に出ないと風呂に入るのは難しかった。

「小さい浴槽じゃ、疲れるだろう。水竜と火竜がいれば、湯を沸かすのはそう大変ではない」

「あ、そっか…水竜と火竜……。いいなぁ、すごい便利。旅に同行してくれたら、水も火も不自由しないんだ……」

旅のルートは決まっているから、水場がどこか分かっている。しかし天候によって使えない状況になることもあるし、雨が降ると煮炊き用の火を確保するのも苦労する。

水と火と食料は旅で常に気にかけるもので、どれか一つでも欠けると大変なことになる。水竜と火竜がいてくれれば、食料だけ気にすればよくなるのだ。

「……そもそも竜がいてくれれば、次の町まで一飛《ひと と》びなわけか……。子供や女性を運んでくれるだけでも、ずいぶん違うよなー」

男と荷物だけなら、もっと早く移動することができる。体力のない子供に合わせ、余裕を持った日程を組んでいるのである。

「病人が出たときに安心だし、いいなぁ竜……」

人間とは種族が違うのだから、できることに違いがあるのは理解しているが、それでもうらやましいという気持ちは止められない。

旅から旅の生活は刺激があって楽しいが、その分、大変なことも多いのである。

「町に劇場ができれば、旅をしなくてもすむぞ」

「旅自体は楽しいんですけどね」

「それなら、私がいろいろな国に連れていってやろう。この世界には、リアムが見たことがない風景が山ほどある。一面の砂漠や、雪原を歩く白クマを見たくはないか？」

「み、見たいです！」

大きな浴槽の湯はぬるめなので、ゆっくり浸かれそうだ。熱い湯が苦手なリアムにはありがたかった。

　肩まで浸かったところで、リアムはホッと吐息を漏らす。

「アリスター様は、あちこち見て回っているんですか?」

「ああ。この世界は広いから、面白いぞ。リアムはきっと、ペンギンを気に入る。氷の地にいる白と黒の生き物で、なんとも歩き方が可愛いんだ」

「うーん?　想像できません」

「ああいうものは、直接見ないとな。リアムは、寒さに強いか?」

「あんまり強くないです。寒いのも、暑いのも苦手で」

「それなら、まずは毛皮の服を仕立てさせてからだな。あそこは、とても寒い」

「アリスター様は、寒いのも暑いのも平気なんですか?」

「私は、氷竜でもあり、火竜でもあるんだぞ」

「ああ、そっかー。うーん、本気でうらやましい。見た目が格好いいだけじゃなく、万能なんですね」

「リアムは、私の容姿が好きなんだな。人型でも、竜でもか?」

「どっちも、格好いいですよ。人型のアリスター様は超絶美形だし、黒竜はいかにも強そうで格好いいし。色を変えられるなんて、すごいですよねー」

　褒められると悪い気はしないのか、アリスターは機嫌が良さそうだ。二人とも裸だが色めいた気配はなくて、リアムは内心で安堵《あんど》した。

しかしアリスターは、リアムの胸元をジッと見つめて言う。

「リアムの痣は、そこにあるんだな」

普段は、さほど色の濃くないピンクの痣だ。傷ではないから盛り上がっているわけでもなく、なめらかなものである。今は湯に浸かっているせいか、いつもより赤味が強い。

アリスターの手が伸びて痣に触れた瞬間、ビリリッと小さな衝撃が走った。

「——つっ」

これは、ただの痣なのである。だから誰かに触れられてもこんなふうな衝撃は感じたことがなく、リアムは少なからず驚いてしまった。

「痛かったか？」

「え？　いえ……大丈夫です。ただ、ちょっと驚いただけで……」

考えてみたらこの痣は竜族の子供を産めるという印だから、竜族に触れられるとなると反応するのかもしれない。ましてや相手は竜王だしと、リアムは納得した。

「これ、本当に爪痕みたいに見えますよね。よく、痛そうって言われます」

「よく？　こんな場所を、よく人に見られるのか？」

その瞬間、アリスターの声にヒヤリと冷たいものが込められた気がした。

何しろリアムの痣は胸の真ん中——普通の服だと隠れる場所だ。

「子供たちの体を洗うの、オレですもん。面倒くさいから、一緒に水浴びをしながら綺麗にして……子供たちには本物の傷痕に見えるみたいです」

「ああ、子供か……」

「街ではたまに大衆浴場に入ったりしますけどね。大人たちはこの痣の意味を知ってるから、ちょっかいをかけられなくてすんで助かります」

「そうなのか？」

「はい。竜族の庇護つきって思われてるから。竜族の花嫁候補に手を出す怖さが、知れ渡ってるおかげです」

竜族の未来にかかわってくる問題なので、花嫁候補に危害を加えた人間への制裁は苛烈を極める。最初の数人を見せしめにすれば、それが戒めとなるのをよく知っていた。

「では、危ないことはなかったんだな？」

「はい。定期的に竜族の方が様子を見に来てくれて、うちの一座は何かと便宜をはかってもらったみたいです」

「それはよかった」

話をしながらも、アリスターの指が痣を撫で続けている。

優しい手つきのそれに何やらムズリとするものを感じて、リアムは今更ながら自分たちが裸なことを思い出して焦った。

アリスターの意識を痣から逸《そ》らしたいと考え、キョロリと浴室内を見回す。

旅芸人をしているリアムは温泉浴場などに入ったことがあるが、竜王の浴室はそれと同じくらい広い。そして、比べものにならないほど美しかった。

「……あ、あのっ。この床とか…何でできているんですか？　綺麗」

「タイルだ。東の国の技術で、水を弾くから浴室に向いている。見た目もいいしな」

「すごく綺麗です。白と、いろいろな濃さの水色と…壁には色ガラスが嵌まってるし、なんて豪華なんだろう」

「明るいうちに入ると、陽が当たってもっと綺麗だぞ」

「へぇ……。さすが竜王様の浴室だなぁ」

リアムが存在も知らなかったタイルや、高価な色ガラスをふんだんに使うなど、竜王でなければ造れない浴室だ。

それは居間も同じで、置かれている調度品はもちろんのこと、天井のシャンデリアやカーテン、絨毯《じゅうたん》に至るまで美しいもので溢れていた。

「このお城は、いつできたんですっけ？」

「百五十年ほど前だ。私の父が造った。特に不満はないから、そのまま使い続けている」

「そりゃあ、不満なんてあるわけないですよ。豪華で綺麗ですもん」

「私が造るなら、もっと落ち着いた感じにする。父は、華美なものが好きだったんだ」

「えー。綺麗なほうがいいじゃないですか。いかにも竜王様の立派なお城…っていう感じで、ありがたみが増します」

「当然、その効果も狙《ねら》っての華美さなんだろう。さて、リアム。髪を洗ってやろう」

「自分でやりますよ」

「私がやりたいんだ」

「あ、じゃあ、アリスター様のはオレが洗いますね」

「そうか？　ほら、石鹸《せっけん》だ」

「いい匂い。おーっ、泡立ちもいい。さすが竜王様の石鹸」

リアムが普段使っているのと違うので、いちいち感動してしまう。

お湯を使って擦《こす》ると綺麗な泡ができるから、それをアリスターの髪につけるということを繰り返した。

笑いながら互いに互いの髪を泡まみれにして、感触の違いに驚く。

「リアムの毛は細いな。なんとも頼りない手触りだ」

「アリスター様のは、しっかりしてますねー。泡を押し返す勢い。へー…こんなに違うんだ。ちょっと面白い」

「私は少し不安だ。こんなに細いと、ガシガシ洗えないな。ソッとしないと」

「大丈夫ですよー。オレ、いつもガシガシ洗ってますもん」

「そうは言ってもな……」

大きな手で恐る恐るリアムの髪を洗うアリスターが、妙に可愛い。リアムはクスクスと笑いながら、アリスターの髪を洗った。

それから湯に浸かったまま体を洗い、最後に隣の水槽に汲んである湯で全身の泡を流す。

リアムはアリスターの体を――というか、男性の象徴を見ないようにしていたから、妙に動きが不自然になってアリスターに笑われてしまった。

「無理強いはしないと言っただろう」

「うっ…だって……」

そう言われても、意識してしまうのはどうしようもない。竜王の花嫁になれということは、アリスターとセックスしろということなのだ。

見ないようにしても自然と目に入ってくるアリスターの肩は広く、胸板も厚い。立派な体格に見合った筋肉に覆われた体は逞しかった。

下半身は絶対に見ないように気をつけていたが、この体格に見合った性器なのかと思うと怖くてたまらない。

だから必死で目を逸らし続け、浴室を出た。

用意されていた布は、リアムが触ったことがないやわらかさだった。

「うー…気持ちいい。さすが竜王様の布……」

体を拭くのがもったいないほどで、これに包《くる》まって眠ったら気持ちがいいだろうなぁと思う。

「私の毛布は、もっと気持ちがいいぞ」

「……………」

それは一緒に寝るという意味だろうかと、リアムは返す言葉に詰まってしまう。

裸で風呂に入ったのに色めいた雰囲気にならなかったことだし、同衾《どうきん》しても大丈夫だろうと思うものの、不安がないはずもない。

リアムは無言になってそそくさと体についた水滴を拭き取ると、急いで用意されていた寝間着らしきものを着込んだ。

「うわっ…これ、シルク？　シルクを寝間着にしちゃうの？　信じられない……」

艶《つや》やかな光沢と、なめらかな肌触り。これで眠るのは快適だろうが、とてつもなく贅沢なことだった。

「もっと暑くなれば、綿に替わる。シルクは嫌いか？」

「まさか！　そもそも、触ったこともありません。生地屋でも、シルクは客が触れない場所に置いてあるんですよ。すごく高価なので」

「その分、肌触りがいい」

「うん、すごく気持ちいいです。竜王様って、シルクを寝間着にしちゃうのか…さすがだなぁ」

今日だけで、何度同じ言葉を口にしたか数えきれない。目に入るものすべてに感心し、ついつい口をついて出てしまうのだ。

「さて、水分補給をするか」

そう言うとアリスターはリアムを片腕でヒョイと抱き上げ、居間へと戻る。

「自分で歩けますよ」

「このほうが早い」

「そうかもしれないけど…軽々と扱われるのって、子供みたいでちょっと……」

骨細で平均を下回る小柄さを、思い知らされている気がする。

アリスターは人間ではなく竜王だから腕力も桁違いなのだと分かっていても、小荷物のように運ばれるのは嬉しくない。

リアムがブツブツと文句を言っていると、アリスターはリアムを抱えたまま大きな長椅子に座った。

何も言わなくても、二人の前に冷たい水と淡い黄色の果汁が入ったグラスが置かれる。

「モモのジュースです。リアム様がお嫌いでしたら、他のものに替えますよ」

「モモ、大好きです！　でも、まだ時期には早いですよね？　ん～甘くて美味しい」

「ここよりあたたかな地では、今が旬なのです。明日の朝食にお出しします」

「楽しみです。贅沢だなぁ」

モモは扱いが難しい果物で、傷がつきやすいからダメになりやすい。その分、他の果物より高値がついていた。

モモ一つでオレンジが四個も買えるのだから、そうそう口にする機会はない。

昨日、花嫁たちの庭に来てから、リアムはずっと驚いたり感激したりしっぱなしである。

「竜王の花嫁も、悪くないだろう？」

「すごいけど、贅沢だけど、花嫁…うーん……」

竜王の花嫁といえば、美しく嫋《たお》やかな女性をイメージする。竜王に見初められるだけあって歴代の花嫁たちは美女揃いと聞いているし、そこに自分が加わるのは無理があるだろうと思う。

過去には男性の花嫁もいたらしいが、やはり素晴らしく美しかったり可憐《かれん》だったりしたとのことだった。

「竜王の花嫁の絵姿って、残ってるんですか？」

「ああ、ある。見たいか？」

「はい」

「それでは、明日だな。風呂にも入ってしまったことだし、今日はいろいろあって疲れただろう？」

「……はい」

怒涛《どとう》のように目まぐるしい一日だった。自分が竜王の膝の上でモモの果汁を飲んでいるのが、どうにも信じられない。

しかも竜王であるアリスターは、濡れた髪にあたたかな風を送って乾かしてくれていた。

「竜って、そんなこともできるんですね」

「能力の応用だ。夏に近づいているとはいえ、濡れた髪のままでは風邪をひく」

「うーん」

こんなふうにリアムを気遣ってくれる優しさが、リアムの気持ちをぐらつかせる。

生まれたときからの王者で、人を気遣う必要などないだろう竜王が、自分にはとても優しいのである。

完璧に整った美しい顔を間近で見て、人間にはありえない金色の瞳にうっとりとしてしまう。

「アリスター様、本当に綺麗ですよね」

「それは、誘い文句だな？」

「えっ、ちが……」

最後まで言い切る前に唇を塞《ふさ》がれ、舌が入り込んでくる。

「んぅ……」

いきなりのキスにリアムは目を瞠《みは》り、アリスターの腕をバシバシと叩《たた》いてやめてくれという意思表示をする。

しかしアリスターは構うことなく口腔内を舐め回し、シルクの寝間着越しにリアムの胸を撫でて小さな突起を見つけた。

「あ……」

自分では意識したことのない胸の飾りをいじられて、ビクリと体が震える。

男性には必要のない、ただそこにあるだけだと思っていた乳首。アリスターの指で揉《も》まれたり摘まれたりされて、ゾクゾクと快感が生まれるのを覚えた。

「ふぁ……ん……」

キスと指とに翻弄《ほんろう》され、体が熱くなっていく。頭の中には「ダメ」という言葉が何度も浮かぶが、何がダメなのか分からなくなりそうだった。

（ダメ、ダメ、ダメ――……）

反対側の乳首もいじられ、爪を立てられた瞬間にゾクリと大きな波に襲われる。

「ダ、ダメーッ！」

未知の感覚への恐怖がリアムの体を動かし、声を出すことに成功する。

唇と指が離れてようやく我に返り、リアムは非難を込めた目でアリスターを睨《にら》んでしまった。

「こういうこと、しないって言ってるのに……」

「いいや、それは違うぞ。無理強いはしないが、誘惑はすると言っただろう」

「で、でも、これはもう誘惑じゃなくて、手出しとか言いませんか？」

「誘惑だ」

「えー……」

納得がいかないリアムが口を尖らせると、アリスターはニヤリと笑う。

「なんだ、口を尖らせて。キスをしてほしいのか？」

「違います！」

分かっているくせにと、思わず恨めしげな視線を向けてしまう。

しかしアリスターは、クックッと笑ってリアムを抱えたまま立ち上がった。

「さて、そろそろ寝ることにするか」

「オ、オレは、隣の部屋で寝ますから……」

「花嫁の間で寝たいのか？　自分の部屋だと自覚したということかな」

「そういう意味じゃないの、分かってるくせにぃ～」

「リアムはからかうと面白いからな。だが、眠るのは私のベッドでだ。大きいから、問題ない」

「問題なのは、大きさじゃないんですけど……」

「気にするな」

「気になりますよ～。オレは、一人でゆっくり眠りたいです」

「それでまた、私が頭痛になったらどうする。かわいそうだろう？」

「……全然かわいそうな感じがしない……」

リアムがブツブツと文句を言っている間に寝室へと運ばれ、縦にも横にも大きいベッドに驚かされる。

「なんでこんなに大きいの？　あっ、もしかして竜の姿で寝たりするんですか？」

「そんなことはしないが、一応、寝ても大丈夫なようにはなっている」

「竜のときだと、これくらい必要そうですよね。……それにしても、こんな大きなベッド、初めて見ました。寝返りし放題だなぁ」

「リアムは寝相《ねぞう》がよくないのか？」

「冬は寒いから大丈夫ですけど、夏はあんまりよくないかも」

蚊帳《かや》を吊った中で何人も雑魚寝《ざこね》状態だから、とても暑いのだ。

リアムは子供たちの世話係として一緒に寝ていたが、朝起きたときに元の位置のままということはあまりなかった気がする。

「そろそろ寝相が悪くなる時期だし、やっぱり一緒に寝るのはまずいですよ。竜王様を蹴とばすとか、まずいし」

「暑さが原因なら、大丈夫だ。私は水竜でもあるから、部屋を適温にできる」

「そんなこともできるんですか？　いいなぁ。本気でうらやましい……。旅にアリスター様がいたら、暑さに倒れそうになることも、寒さにガタガタ震えることもないんだ」

大きなベッドの中央まで運ばれ、ふんわりとやわらかな毛布に包まれる。

「や、やわらかい……何、これ」

「高地に住む動物の毛で織った布だ。ヒツジの何倍もやわらかいだろう?」

「はい。それに軽くてフワフワ。う~ん、気持ちいい……」

サラサラのシルクの寝間着に、フワフワの毛布。いい夢を見られそうだと思っていると、アリスターの腕の中に抱え込まれてしまった。

「ちょ…せっかくこんなに大きいんだから、ピッタリくっつく必要ないじゃないですか。ちょっと離れてください」

「このほうが落ち着く。リアムは体温が高くて、あたたかいな」

「アリスター様は、ちょっとひんやりしてて夏向け…じゃなくて、こんなふうにピッタリくっつかれたら、寝にくいです」

「気にするな」

「気になりますよ~」

「気にしないようにすれば、気にならない」

「そ、そうかなぁ……?」

アリスターは竜王で、超絶美形で、本体は黒竜。眠っているときに寝ぼけて竜に戻られたら、リアムなど圧死してしまうのではないかと怖かった。

リアムがそう言うと、アリスターは面白そうに笑う。

「寝ぼけて竜に戻るなど、ありえない。むしろ、危険を感じたときのほうがありそうだが、それでもリアムを潰したりしないぞ」

「だといいんですけど……」

「約束するから、安心して眠るといい」

「はぁい……」

相手は竜王だし、信じるしかないかと諦める。

そうなると今度は貞操のほうが心配になって体が強張ってしまうが、リアムを優しく抱きしめるアリスターの手が不埒《ふらち》な動きをすることはなかった。

「……………」

少しずつ、体から緊張が抜けていく。盛りだくさんだった一日に体も心も疲労していて、一気に睡魔が襲ってきた。

眠りに落ちるのはすぐ。

こんなふうに抱きしめられて眠るのは久しぶりだな…と思いながら、リアムの意識はストンと落ちた。

★★★

朝、目が覚めたとき、やけに天井が高いなぁとボーッとする。

見覚えのない天井だと思いながら横を向き、アリスターの顔のアップとしっかり抱え込まれている自分に驚く。

「あぅ……」

思わず声が漏れ、アリスターの瞼《まぶた》がゆっくりと開く。

「………」

美しいきらめきを放つ、金色の瞳。カーテンを閉められた薄暗い室内でも、自ら発光するように輝いている。

その色彩に見とれていたリアムは、微笑《ほほえ》まれることで赤面してしまう。

「よく眠れたか？」

「……ぐっすり…だったみたいです」

その証拠に途中で一度も目が覚めていないし、体も軽い。いつもは寝相の悪い子供たちに蹴られたり、上に乗っかられた寝苦しさなんかで何度か目が覚めたりするのである。

「では、起きるとするか。すぐに朝食だ」

「やったー」

朝食にはモモが出るというローランドの言葉を思い出し、リアムはいそいそとベッドから下りる。

「あ、オレの服……」

昨夜、風呂に入るときに脱いだままにしてしまった。

残りの服は花嫁の庭にある部屋に置いたままだし、シルクとはいえさすがにダラッとした寝間着のままではまずいだろうと困る。

「いくつか、ここに運ばせている。……そこにあるはずだ」

広い寝室の壁には、衣装棚がズラリと並んでいる。その一つを指さされて扉を開けてみると、アリスターには小さなサイズの服がたくさん入っていた。

「いつの間に……」

「ローランドは気が利くからな。着替えたら、朝食だ」

「はい」

リアムは張り切って着替え始め、ふと疑問を抱く。

「そういえばアリスター様って竜王様なのに、着替えや入浴を自分でするんですね」

「ああ。いちいち誰かを呼ぶほうが面倒くさい。人間の気配はうるさいし、竜族もローランド以外は神経に触るからな」

「へぇ…敏感なんですね」

そういえば竜王は視覚や聴覚といった五感も、他の竜族より優れていると聞いたことがある。

人間や竜族の気配がうるさく感じるというのは大変だし、もしかしたらそのあたりに頭痛の原因があるのではないかと思った。

「……オレの気配はうるさくないんですか？」

「ああ。不思議なことに、リアムは最初から心地好く感じた。それにリアムといると、まわりのうるささが気にならなくなる。本当に不思議だな」

「なんででしょうねぇ。まぁ、いいや。まずは、ご飯、ご飯。お腹空きました」

そう簡単に原因を解明できるわけもないから、後回しだ。先に朝食にしないと、空腹の胃が文句を言い始める。

二人で寝室を出て居間に行くと、ローランドが「おはようございます」と挨拶《あいさつ》をしてくる。

「おはようございます」

「よく眠れましたか？」

「はい。グッスリです」

「では、お腹が空いたでしょう。すぐに食事にします」

「お願いします」

いったん出ていったローランドが、すぐに飲み物とサラダ、スープを持って戻ってくる。

「パンとオムレツは今焼いておりますので、まずはこちらのほうをどうぞ」

「はい。いただきます」

リアムはオレンジジュースを飲んでその濃さにうっとりし、サラダを突いて新鮮だなぁと感心する。それに、見たことがない野菜もいくつか入っていた。

「竜族って肉食のイメージが強いんですけど、野菜も食べるんですね」

「肉のほうが好きだが、野菜も食べないと体によくないとされている。旨《うま》いものではないがな」

「えーっ。美味しいですよ。旅の間はこんな新鮮な野菜はなかなか食べられないので、嬉しいなぁって思います。それにこのスープ、すごく美味しい」

「トウモロコシのスープだな」

「えっ？　オレが知ってるのと、味が違うかも。なんでこんなに甘いんだろ。砂糖を入れてるのかな？」

「甘いトウモロコシを作っている土地があって、そこのものだ。このトウモロコシは、特製のタレをつけて焼いたものがとても美味しいぞ」

「そ、それ、食べたい……」

「では、昼か夜にでも作らせよう。食べたいものがあったら、ローランドに伝えればいい」

「嬉しいなぁ。あー、美味しい」

同じ野菜や果物でも、竜王の元には最高級の品が集まるから、味が違うのだと分かる。

トウモロコシを焼いたものはリアムも町の屋台で何度も食べているが、きっとそれとは違ってすごく美味しいんだろうなぁと思うと、楽しみで仕方なかった。

サラダやスープを食べ終えた頃に、パンとオムレツの皿がやってくる。

具だくさんのオムレツに、分厚いベーコンを焼いたものとソーセージ。グリルしたトマトとジャガイモも添えられている。

「美味しそう」

「旨いぞ。特にこの焼きたてのパンは、ここでしか食べられないものだ」

そう言ってアリスターがパンの山から一つ取って、リアムの皿に載せる。細長いそれは確かに見たことのない形状で、リアムはそれを千切って口に入れてみた。

「う、うまっ！　これ、すごく美味しいです。表面はサクサクなのに、中はしっとり。バターがジュワー」

「菓子職人が、いろいろ試して作っているから、他にはないパンがいくつもある。花嫁になりたくなってきただろう？」

「ううっ…ご飯のたびに、激しく誘惑されてます……」

庶民では口にできない料理はもちろんのこと、パン一つとってもレベルが違う。旅の間、素食に耐えているリアムにとっては、毎回うっとりさせられてしまう。

「オムレツもベーコンもソーセージも、みんな美味しい。うむぅ」

「花嫁になれば、毎食こうだぞ。魅力的だろう？」

「すっごく。困るなぁ…花嫁なんて器じゃないのに、なるって言いたくなっちゃう」

「言ってしまえ。花嫁に、器も何もない。花嫁の務めは竜王の孤独を癒《い》やし、卵を産むことだ。他の竜族や人間は関係ない」

「オレにとっては、そんな簡単なことじゃないです。だって…竜王の花嫁ですよ？」

至高の存在の隣に自分が並び立つなど、考えられない。あまりにも分不相応だと感じてしまうのだ。

「リアムに疵がある以上、資格はちゃんとある。身分が…などとゴチャゴチャ考えずに、私が好きか嫌いかで考えてみろ」

「えっ…そりゃ、嫌いではないですけど……どっちかといえば好きですけど……一昨日会ったばかりで花嫁って、無理があると思います」

「そうか？　私はリアムを見て、話して、私の花嫁はリアムしかいないと思ったぞ」

そう言いながらアリスターはリアムを金色の瞳で見つめ、優しく微笑んでくる。

「むぅ……」

同性とはいえ完璧な造作の美形にそんなふうに見つめられると、ついつい顔が赤くなってしまう。

「は…反則！　アリスター様、反則です。そういう目で見るの、禁止っ」

「そういう目？」

「なんか…見つめながら微笑むとか……。超絶美形にやられると、嫌でもドキドキしちゃいます」

「ドキドキするのは、私には好都合だ。そうか、リアムは私に見つめられると、ドキドキするのか」

「ううっ…余計なこと言っちゃったかも……」

自らアリスターに強力な武器を渡してしまった気がする。目に眩しいような美形が、その魅力を最大限に使ってきたらよろめかない自信がない。

「しまったなぁ……ああ、美味しい」

「口にソースがついているぞ」

からかうような目で見るアリスターがリアムの口に手を伸ばし、ソースを指で拭う。そしてリアムの目を捕らえたまま、意味深にその指をペロリと舐めた。

「うっ……」

妙に艶っぽい仕種《しぐさ》と目つきにリアムの体温は上がり、さっき余計なことを言ったからだと自分の迂闊《うかつ》さを恨めしく思う。

「朝からそんな顔をするの、やめてください」

「昼ならいいのか？」

「昼も！」

「じゃあ、夜に一日分の濃厚なのを…………」

「ち、違ーう」

リアムが顔を真っ赤にして否定すると、アリスターは楽しそうにクックッと笑う。どうやらからかわれていたらしい。

約束のモモをカットしたものもしっかり平らげ、食後のお茶を飲んで胃を落ち着かせる。

「ふぅ…美味しかったー。あまりにも美味しすぎて、パンを食べすぎちゃいました。ちょっと苦しい……」

「腹ごなしに、肖像画を見に行くのにちょうどいい。歩くからな」

「お城、大きいですもんね」

もう一杯お茶のお代わりをもらってから、代々の竜王とその花嫁の肖像画を見に行くことにする。

それは一階の大広間に、古い順からズラリと飾ってあるとのことだった。

何段も続く階段を下りていると、最上階に住むのは大変かも…と思う。上り下りは大変だし、城は広いからただ歩くだけでもいい運動になる。

最上階はすべて竜王のフロアだから、立ち入りは厳しく制限されている。しかしその下の階からは竜族が気ままに動き回っていた。

大広間に向かう途中でも何人かの竜族に出会い、挨拶を交わす。

「ごきげんよう、アリスター様、リアム様」

「ご、ごきげんよう？」

初めて聞く挨拶の言葉に、リアムも疑問符をつけながら答える。

戸惑いが思いっきり顔に出ていたのか、クスクスと笑われてしまった。

「可愛らしい方だ」

「そうだろう？」

「えー……」

アリスターに堂々と肯定されていたたまれない思いにリアムが小さくなると、ますます笑われてしまう。

「本当に可愛らしい。どうぞ、お幸せに」

「ああ」

似たような会話が二度、三度と繰り返され、リアムは首を傾げる。

「オレって、竜族から見ると可愛いんですか？」

「とてもな。内心が表情に出るだろう？　二心《にしん》や腹芸のない相手というのは、気が緩んで楽になる。それにリアムの顔は、嫌なところのない可愛らしい顔だと思うぞ」

「そうなんだ……」

「美人でも、好かない顔は多いが、リアムはパーツの一つ一つが可愛い」

「うーん…もうちょっと鼻が高かったら、可愛いって言われなかったかな？」

「この、ちんまりした鼻がいいんじゃないか」

「……ちんまり、やだ……」

傷ついたと文句を言うと、アリスターは笑って鼻を摘まんでくる。

「鼻が高くなる魔法をかけてやろうか？」

「できるんですか⁉」

竜王なら可能なのかもしれないと思い、リアムは目を輝かせる。

「高くしてください。鼻筋をスッとさせて、高さはこれくらいでお願いします！」

大いに期待して勢いづくリアムに、アリスターは笑って首を横に振る。

「冗談だ。鼻を高くするなんて、できるはずがない」

「ひ、ひどい！　ぬか喜びさせて〜。アリスター様の意地悪‼」

「まさか本気にすると思わなかったんだ」

「本気にしますよ。アリスター様、竜王様ですもん。オレたちにとっては魔法みたいなことがいろいろできるんだから、もしかして鼻を高くしてもらえるかも…って思うじゃないですか」

「私たちのできることの中に、人間の顔を変えるというのはない。私たちの能力は、火や水、風といった自然によるものだからな」

「そうなんですか…残念」

「リアムは、今のままで完璧だ。直す必要などない。大きな目も、ちんまりした鼻も、プクプクした唇も可愛いぞ」

「褒めてもらってるみたいだけど、なんだかあんまり嬉しくありません。微妙な気持ちになります……」

「完璧だと褒めているのに」

「ちんまりした鼻って、普通、完璧の中に入っていないと思う……うう～ん。アリスター様、本当に鼻を高くできないんですか？　アリスター様ってすごい力があるみたいだし、がんばればできるかもしれませんよ」

「できないし、やる気もない。リアムの顔は今のままで完璧だと言っているだろう」

「でも、実際は完璧じゃないし…鼻がスッとして高くなったら、もっと完璧になると思うんですよね。あ、あと、顎《あご》ももう少し細くして、唇も薄めで大人っぽく……」

次から次へと出てくる要望に、アリスターが苦笑しながら言う。

「そんなことをしたら、リアムではなくなるぞ。リアムの良さをすべて消すことになる」

「えー…オレの良さって、ちんまりした鼻と丸顔と子供っぽい唇？　なんかやだ……」

リアムが欠点と思っている部分が好きだと言われるのは、複雑な気持ちだ。

早く一人前になりたいと思っていたリアムにとって、年齢より幼く見られる容姿はコンプレックスの一つだったのである。

十七歳といえばもう大人と認められているのに、リアムだけ子供扱いされているのも悲しかった。

竜の爪痕の痣があったからいろいろと許容されていたが、そうでなければ旅芸人一座の男としてはいづらい思いをさせられていたに違いない。

運が良かったと思うべきかな…と小さく溜め息を漏らしつつ、今の状況の複雑さに頭が痛くなりそうだった。

「うう～ん…花嫁か……」

「ほら、大広間に着いたぞ。肖像画は、この中だ」
三、四百人は楽勝で入りそうな大広間の中央には、巨大なシャンデリア。奥に玉座と花嫁のための椅子があり、それを囲むようにして壁に歴代の竜王とその伴侶の絵姿が飾ってある。
「絵で残せているのは、十人か……。それ以前は、肖像画というものが存在していなかった。だから最初の三人は、同じ絵師によるものだ。残っていた絵を基に描かせたらしい」

「なるほどー…」

今だって、肖像画を描かせられるのは一部の裕福な人々だけだ。絵師に依頼すると、とても高くつくのである。

「うう～ん…それにしても、見事に美男美女揃い…あっ、男の人もいる。……けど、すっごい美形だし！」

　唯一の男性の花嫁は、銀色の髪に青い瞳の王子様といった姿である。非の打ちどころのない美貌で、そのときの竜王と寄り添って微笑みを浮かべていた。

「ほらー…やっぱり、すごい美人ばっかり。オレが花嫁なんて、無理無理無理無理！」

「そんなことはない。リアムは、歴代の花嫁たちに引けを取らず、可愛らしいぞ」

「アリスター様の目がおかしいんですよ。可愛いって、それ、愛嬌《あいきょう》があるとか、そっちの方向の可愛いだし。美ネコの集団に仔ダヌキを見つけて、可愛いって思う感じ？」

「それは、れっきとした可愛いじゃないか」

「仔ダヌキの気持ちになってください。なんで自分だけこんなのって、ガッカリしますよ。まわりの人たちだって花嫁には当然美人を期待するだろうし…オレ、みじめな思い、したくありません……」

　それでなくても自分に自信がないのに、竜王の花嫁となれば求められるものも大きくなる。人々にガッカリされることを考えると、ついつい声も小さくなった。

「なぜリアムがみじめな思いをするんだ？」

「だって…竜王の花嫁にはどんな絶世の美人がなるんだって、みんな楽しみにしてるんです。それがオレなんて……」

「リアムは、誰よりも可愛いぞ」

「そんなの、アリスター様の目贔屓だし……」

ちょっと可愛いくらいでは、ダメなのだ。歴代の花嫁たちは、タイプは違っていても群を抜いた美人ばかりである。

ここに自分の肖像画が飾られれば、一人だけあれっ…と思われそうだった。

しかもそれが自分が死んだあと何百年も飾られるのかと思うと、無理無理無理無理という言葉しか出てこない。

「無理！　ホント、無理ですっ。歴代の花嫁たちを見て、思い知りました。オレなんて、無理ですぅ～っ」

一介の旅芸人には重すぎる立場だ。しかも表舞台に立てず裏方しかできないリアムには、とうてい務まらないと震える。

完全に委縮し、泣きそうになっていると、アリスターが小さく溜め息を漏らしてリアムの頬を優しく指で撫でた。

「リアムを泣かせたいわけではないし、悲しませたいわけでもない。……だが、手放せない。私の花嫁は、リアムだけだ」

「オレが頭痛の特効薬だから？」

「今のところは、そうだと答えるしかないが……。なぜリアムが特効薬なのか、考えている」

「なぜなんでしょうね。不思議です」

「答えは、まだだ。だが、リアムが私の花嫁になるのに変わりはないぞ」

「えー…無理って言ってるのに……」

どうして聞き入れてくれないのかとリアムは口を尖らせるが、アリスターに引く気はなさそうだ。

「花嫁には、大した務めはない。婚儀の際と、年に一度の私の生誕祭で群衆に向かって手を振るくらいだ」

「だから、オレ、人前が苦手なんですってば。あがり症がひどくて、舞台の賑やかしになることもできなかったんですから。絶対、何か失敗しちゃいます」

「私がいるんだから、大丈夫だ。リアムが失敗しても、私がカバーする」

「うー…でも……」

「花嫁の一番の務めは、竜王の孤独を癒やすことだと言っただろう？　その点において、リアムは完璧に務めを果たしている。その他は瑣末《さまつ》事にすぎない」

「そ、そうかなぁ……」

「そうだ。それに、触れたいとか、キスしたいと思ったのも、リアムだけだ。リアムは可愛いからな」

「えー……」

リアムが何か言う前に唇を塞がれ、しっかりと抱きしめられる。

リアムは潜り込んできた舌に翻弄されながら、肩や背中を撫でるアリスターの手の感触に体から力が抜ける。

竜王であるアリスターの手から、あたたかなものが体の中に入ってくる気がした。

それはとても良いもので、リアムの中をゆっくりと巡っていく。不安でうわずっていた気持ちが、少しずつ落ち着いていくのが分かった。

そう、アリスターは竜王。この世で一番強く、頼りがいのある存在だ。アリスターと一緒にいれば、怖いものなどないのだと感じられる。

リアムをスッポリと包み込む逞しい体と、長い腕。

アリスターのキスに翻弄されながら、リアムはうっとりとしてアリスターの腕の中に収まっていた。

長いキスが終わったときにはリアムの頬は紅潮し、目は潤《うる》んでトロンとしてしまう。

アリスターは力の入らないリアムの体を支えながら、クスクスと笑って耳朶《じだ》を食《は》んだ。

「リアムも、私とのキスが嫌いではないよな？　気持ち良さそうだったぞ」

「ふぁ……」

息を吹きかけられながら耳元で囁かれると、腰のあたりからムズムズとしたものが駆け上がってくる。

リアムはハッと我に返り、慌ててアリスターから離れた。

「は、は、反則！　そういうの、反則ですからっ」

「反則じゃない。正攻法の誘惑だ。リアムが嫌だという意思表示をすれば、ちゃんとやめるつもりだったぞ」

「うー…だって、なんか気持ち良くてフワフワするし……。アリスター様、竜王様の力を使って、何か反則技してませんか？」

「それを言うなら、竜王の力の有効活用だ」

「あっ、やっぱり何かしてるんだ。ずるいっ。反則！」

「正当な誘惑だと言ってるだろう」

「だって普通の人間のオレには、竜王様の力なんて使われたら絶対に敵いません」

「何か勘違いをしていないか？　竜王の力は、自然によるものだと言ったぞ。リアムが少し緊張していたようだから、血流を良くして体をほぐしただけだ」

「ええっと、それって、お風呂に入ってるみたいな？」

「まぁ、似たようなものだな」

「竜王様って、そんなこともできるんだ…本当に、いろいろと応用が利くんですね」

「ああ」

さりげなくアリスターに促されて大広間を出たリアムは、自分には花嫁になるなんて無理だという必死のお願いがうまいこと流されたのに気がつかなかった。

「この城が建てられたのは百五十年ほど前だが、今も手は入れられ続けている。奥庭へと続くこの廊下の壁のレリーフは、ついこの間完成したばかりだ」

「へぇ……」

リアムにとって城の内部はどこも興味深いから、ついキョロキョロしながら歩いてしまう。それゆえアリスターは、ちゃんと案内役を務めてくれている。

様々な姿の竜が石に彫られていて、飛行しているところだけとっても十種類以上あった。

「全部の廊下に、レリーフを彫るんですか？」

「そうだ。上の階から始まっているが、一階は広いから完成はまだまだ先だな」

「百年以上かけて、装飾をしてるんだ……」

「今のレリーフが終われば、また新しいレリーフに取りかかるんだろう」

「そうやって、お城の中がどんどん凝っていくんですね～」

アリスターの居住フロアは、どこも完璧な美しさだった。天井、壁、床…細かな織りの絨毯など、靴で踏むのが申し訳なく感じられたほどである。

リアムが思わず繁々《しげしげ》と壁のレリーフを見ていると、女性に声をかけられた。

「ごきげんよう、アリスター様」

そちらのほうを見てみれば、赤い髪の火竜と思われる竜族の男性と、黒い髪の女性。竜族に女性はいないから、夫婦なのだろうと思う。

女性のほうは三十代前半くらいに見えるが、竜族と結婚すると年の取り方が遅くなるというので、見た目と実年齢にはズレがあるはずだった。

（美人だなぁ…色気ムンムン）

リアムの一座の看板女優も金髪のお色気タイプだが、本人は見た目に反してサバサバした性格をしている。色気は仕事用だと、笑って言っているくらいだ。

しかし、目の前の女性は違う。胸の大きく開いたドレスを着ているせいもあるかもしれないが、全身から色気を放っていた。

「アリスター様がついに花嫁を決めたと聞いて、飛んでまいりましたの。……まさか、その子供が？」

表情や口調が、リアムをバカにしている。リアムなんてアリスターには釣り合わないと言外に訴えていた。

昨日から自分でさんざんアリスターに言っていたことなのに、他人に言われるとムッとしてしまう。

思わず口をへの字にすると、アリスターが小さく笑いながら頭を撫でてくれた。

「スタンリーと、その細君だ。この子は、リアム。私の花嫁になる」

アリスターは女性の名前を知らないらしい。仲間である竜族のことはきちんと把握していても、その伴侶は眼中にない様子だった。

こんな色気に満ちた女性を前にして、チラとも意識を向けないのがすごい。男ならついつい胸に目がいってしまいそうだが、アリスターはまったく興味がなさそうなのだ。

黒い瞳の女性も当然それには気づいているらしく、ネコのようなアーモンド形の目が吊り上がっている。紅を引いた唇を、悔しそうにキュッと引き結んでいた。

しかしすぐにニッコリと微笑みを浮かべ、さりげなくアリスターに触れようとしながら言う。

「もう、アリスター様ってば、カサンドラですわ。アリスター様と同じ、黒い髪と瞳のカサンドラ——竜族にとって、黒は高貴の色でございましょう？」

アリスターがスイッと避けたが、カサンドラの手はアリスターの手を取りそうだった。

（……えっ！　この人たちって、夫婦じゃないの？）

夫と思われるスタンリーは、妻の露骨なアプローチを見てもニコニコしている。

普通は妻が自分以外の男に色目を使ったら怒りそうなものなのにと、リアムは不思議に思った。

竜族は夫婦になっても自由恋愛なんだろうかとか、竜王が相手の場合は別なんだろうかとか、疑問がいろいろと浮かぶ。

カサンドラはリアムをチラリと見たかと思うと、フッと鼻で笑った。

「あなたは、ごくごく普通の、茶色の髪と目なのね。すごく普通」

バカにした表情と口調で普通を強調され、リアムはますますムッとした。

（か、感じ悪〜いっ。本当のことだけどさ……）

この国で一番多いのが、茶色の髪と目だ。けれどよく見かけるのはリアムよりずっと濃い色で、リアム自身は明るい色の髪と目を気に入っていた。

どうやらそれはアリスターも同じようで、怪訝《けげん》そうに眉根《まゆね》を寄せる。

「リアムの髪と目が普通？　何を言っている。こんなにフワフワな髪と、優しくあたたかみのある色は見たことがない」

そう言いながらリアムの髪に触れ、そのフワフワの感触を楽しむ。竜王の石鹸が最高級なせいか、いつもよりフワフワでやわらかいのが気持ちいいらしい。

「リアムは見ても、触れても、心地いい。特別な存在だ」

「で、でも、そんな子供が竜王の花嫁なんて――‼」

「リアムはこう見えても十七歳だ。なんの問題もない」

「十七歳⁉　十三、四歳くらいかと……」

「そんなわけがない。花嫁の庭への招待は、十五歳から二十五歳までと決まっている。――リアムがもう一年早く生まれていれば、三年前に出会えていたのにな」

残念だと言われ、リアムはう〜んと唸ってしまう。

今でさえ受け入れがたいリアムの花嫁という立場を、十五歳のときに押しつけられたらどう感じるか考えてしまった。

十五歳といえば、舞台に立つのを完全に諦めた頃だ。芝居も歌も舞も全滅な自分にどっぷりと落ち込み、精神的にかなりきつい時期だった。

もしあの頃に竜王の花嫁になれと言われたら、全力で逃げようとした気がする。

アリスターは唸るリアムをマジマジと見つめ、なぜ唸っているのか聞いてきた。

「だって…十五歳のときのオレは、舞台に立てないって毎日メソメソしてたんですよ。あのときに竜王の花嫁って言われてもなぁ」

「泣いていたのか？」

「役に立たなくて、すごく落ち込んでました。今は他にできることを見つけたから落ち着きましたけど、あの頃はつらかったなぁ」

「……そんな時期なら、なおさら側にいたかった。かわいそうに」

「………」

アリスターに抱き寄せられ、よしよしと背中を撫でられて、リアムはふにゃっと体から力を抜く。

優しい。あたたかい。心地好い。

しばしその感覚に浸っていたが、強い視線を感じてそちらのほうを見ると、カサンドラが憎しみを込めた目でリアムを睨んでいた。

「……つっ」

ビクッと体が震え、思わずアリスターに抱きついてしまう。

「なんだ、甘えたくなったか？　私の部屋に戻って、お茶にするとしよう。ローランドが何かオヤツを用意してくれるだろう」

甘えたいわけじゃないんだけど…と思うが、カサンドラから早く離れたいのは確かだ。

リアムはコクコクと頷いた。

「階段を上るのは大変だから、私が抱いていってやろう」

言うやヒョイとアリスターの腕に抱え上げられて、カサンドラの目がさらに吊り上がった。

（ひいいぃぃ…怖いっ！）

カサンドラの恐ろしい視線から逃れるためにアリスターの肩に顔を埋めたところ、アリスターは嬉しそうに笑った。

「やけに甘えただな。いいことだ」

「………」

そういうわけじゃないなんていうことは口にできず、カサンドラから離れられるのにホッとする。

リアムはあんな目で誰かに睨まれたことなどないから、とても怖かったのだ。

二人の姿が見えなくなったところで、アリスターに聞いてみる。

「あの人たち、夫婦ですよね？　カサンドラさんがアリスター様に色気を振りまいていましたけど、竜族って一夫一婦制じゃないんですか？　自由恋愛ＯＫ？」

「一夫一婦制ではあるが、竜族側がよそ見をすることはあるかもしれないな。人間とは寿命も違うことだし」

竜王の花嫁は、竜王の並外れた力のおかげで老化が止まり、寿命も竜王と同じになる。

しかし他の竜族の妻は老化が遅くなって寿命がある程度延びるだけなので、次第に夫である竜族とは年齢差ができてしまうらしい。

それゆえ人間よりもずっと長い竜族の人生の中で、妻を二度三度と替えるのは普通のことだった。

妻側がそれを不満に思っても、竜族と人間の立場の差から逆らえない。それに残りの人生に困らない程度の財産をくれるので、竜族の妻になるのは人間にとってやはり玉の輿に違いはないのだ。

「じゃあ、妻側の人間が火遊びなんて、とんでもないですよね？」

「そうだな。何も持たされずに離縁されてもおかしくない」

「なのに、どうしてさっきの人はアリスター様に色目を使っていたんですか？　竜王様が相手なら例外とか？」

「竜王が花嫁以外に目を向けるなんていうことはない。――色目など使っていたか？」

「使ってましたよ。アリスター様の手を、取ろうともしました。すごい美人だし、胸も大きいし…でもアリスター様、全然見ませんでしたね」

「興味がないからな。美人と言われても、他の人間と大して変わらないように見えた。――いや、かなり薬臭かったな。確かスタンリーの妻は薬師《くすし》だったから、それでだろう。鼻がおかしくなりそうな匂いだった」

「えっ、そうでした？　全然気がつかなかったな。きっとアリスター様に近づいてたからだ」

「焼きもちを妬《や》いているのか？」

「そんなわけないしっ」

「いや、焼きもちだな。私のことが好きになってきたんだろう？」

「そ、そんなこと……」

ないとは言いきれない。カサンドラの媚《こび》にイライラしたし、アリスターがカサンドラの手を避けたときにはホッとした。

リアムが今まで感じたことがないような腹立たしさをカサンドラに覚えたのも確かだ。

アリスターがまったくカサンドラを視界に入れない様子だったからよかったが、もし鼻の下を伸ばしていたらムカムカしたと思う。

「あの…竜王の花嫁って、アリスター様にとってとても大切な存在じゃないですか。なんでオレなんですか？　アリスター様が生まれてから今までの百年のうちに、すごく綺麗な人も、すごく可愛い人もいましたよね？　なんでその人たちじゃダメだったんですか？」

「そうだな…私にとって人間は、人間にとってのネコと同じようなものだ。いろいろな毛色や柄、美しいネコも可愛いネコもいるだろうが、ネコ好きではない私にとって、ネコはしょせんネコだ」

「ああ、種族が違うから…興味がないから、十把《じっぱ》一絡《ひとから》げでしか見ないんだ。でも、じゃあ、なんでオレ？　オレも、アリスター様の言うネコの一人ですよ？」

「なぜだろうな……。リアムは、最初からちゃんとリアムに見えた」

「ネコじゃないんだ」

「鬱陶しい熱気に溢れた花嫁たちの庭で、リアム一人だけ楽しそうな気を放っていたせいかな。思わず興味を惹かれて、何を描いているのかと覗《のぞ》き込んでしまった」

「だって、すごく楽しかったんですよ。竜の爪痕の痣があるおかげで、普通じゃないことを体験できて、普通じゃ見られないものが見られるじゃないですか。竜の背中に乗って空を飛ぶなんて、お伽話《とぎばなし》とか夢物語の世界です。それにいろいろなところから集まった花嫁候補や、もしかしたらお城の中も見学できるかも…なんて考えてて。あのときは、竜王様ってどんな顔なのかなって思いながら絵を描いていたんですよね」

「ああ、私の想像図は年寄りだったな」

ふざけて描いた、髭《ひげ》で妙に美形な老人の絵を思い出し、リアムは身を縮める。

「百歳を超えてるって聞いてたから、つい……。竜族に知り合いもいないし、あんな感じかな～…と。竜族なんて遠目でしか見たことがないっていう存在なのに、今、どしどし見ていて不思議な感じです」

最上階のフロアに着くと、ローランドが待ち構えていてお茶の支度をしてくれる。

アリスターはリアムを抱えたまま長椅子に座り、頬にキスをしながら話の続きをする。

「年老いた竜族など、いないだろう？」

「そうですね。確かにみんな、二十代後半から三十代くらいまでに見えます。竜族で老衰で亡くなるときも、若いままの姿なんですか？」

「その頃には、人型を取れなくなっている。だから、人型のときは若い姿のみということになるな」

「なるほどー…って、ちょっとアリスター様、やめてください」

頬や額へのキスがうなじや耳元へと移っていき、ついでに膝に置かれていた手が太腿《ふともも》を撫でさすっている。

最初は優しい戯《たわむ》れだったそれが、違う意思を持ち始めてリアムは焦《あせ》った。

「ダメか？」

「ダ、ダメですっ」

「嫌そうには見えないがな。気持ち悪いわけではないだろう？」

「気持ち悪くはない…けど、ダメです」

しかしアリスターは、クックッと笑いながら耳朶を口に含み、太腿を撫で続ける。

「気持ち悪くないなら、いいじゃないか」

耳の中に息を吹きかけられ、リアムの背筋をゾクリとしたものが走り抜ける。

「うひぁ」

「色気のない声だな」

「色気なんていらないんです～。ローランドさん、助けて！」

「おやおや。アリスター様、あまり強引になさいますと、嫌われてしまいますよ。さぁ、お茶にしましょう。じきに昼食なので、お茶菓子は少しですが」

「わぁ。干しイチジクだ。オレ、これ、大好き！」

目を輝かせてちょうだいと手を伸ばすと、アリスターが苦笑する。

「色気より食い気か？　リアムは十七歳と聞いていたが、ずいぶんと幼いな」

「ちゃんと十七歳ですよっ。もう大人です。……でも干しイチジクは高いから、旅の間のご馳走オヤツだったんです。見ると、やったって思っちゃう」

ローランドからもらったそれを一口食べて、「甘～い」と感動する。

「オレが知ってる干しイチジクより甘い。大きいからかなぁ？　すっごく美味しい」

「それはよかったな。私にも一口くれ」

「はい。美味しいですよ」

アリスターの膝に乗ったままアーンをさせる構図は、端から見るといちゃついているようにしか思えない。

クスクスと笑うローランドにそう指摘され、リアムは慌てて下りようとしたのだが、アリスターに阻《はば》まれてしまった。

「は、離してください〜。オレ、ちゃんと長椅子に座ります」

「長椅子も、私の膝の上も同じだ」

「全然違いますよ。それにアリスター様、変なことするし」

「変なことじゃない、いいことだ」

「変なことです〜。オレを、変な気持ちにさせようとしてるっ」

「それは、合ってる。変な気持ちになったか？」

「す、少し……」

「いいことだ。少しを、たくさんにしていくぞ」

「やだって言ってるのに……」

「私が聞くと思うか？」

「そんなこと、胸を張って言われても……。さすが竜王様」

「なんと言われようと、リアムが座るのは私の膝の上だ」

「え―……」

　助けを求めてローランドを見るが、ローランドは笑って首を横に振る。

「こんな楽しそうなアリスター様は、初めて見ます。頭痛もなさそうですね」

「ああ。リアムと一緒にいると、頭痛がなくなる。とても気分のいいものだな」

「もうずいぶんと長い間、悩まされていらっしゃいましたから。本当に良かったです。リアム様のおかげですね」

「オレ…のおかげかなぁ？　何もしてませんけど」

「気が合うというところでしょうか？　リアム様と一緒にいて楽しいという気持ちが、頭痛を追い払っているのかもしれませんね」

「う～ん？」

　納得がいかないものの、アリスターが楽しそうなのは確かだ。

　今もリアムが考え込んでいる隙《すき》に、悪戯《いたずら》な手があちこちを這《は》い回っていた。

「ちょっ…アリスター様、ダメですってば」

「リアムの体は、触っていて気持ちがいいんだ。普通より少々発育が遅いが、反応に問題はないようだな。……しかし、風呂のときにも思ったが、細い体だな。肉付きは悪くないから、もともと華奢《きゃしゃ》な骨格のようだ」

「骨格が華奢なのは、母譲りで…母は南のほうの出身なんです」

「なるほど、父親は北方か？」

「はい。どうして分かるんですか？」

「リアムの薄茶色の髪と目は珍しいからな。それにこんなふわふわで気持ちのいい髪は、見たことがない。異なる地方の人間が結婚して子供を作ると、面白い色が出たりするらしい。リアムは、それだろう」

「むっ。ネコ扱いしてるし……」

「私にとっては、似たようなものだからな」

「アリスター様は？　竜族だって今は、人間と交配してるわけだから、人間の血が混じっているんじゃないですか？」

「私たちを産むのは人間だが、卵生だぞ。本来の人間にはない繁殖の仕方だ。生まれてくる子もすべて竜族ということを考えると、竜族と人間との間にできた子供というより、竜族の借り腹というほうが合っているかもしれない」

「えっ。人間の姿をした赤ちゃんって、生まれないんですか？」

「ああ。竜族の血を受け継いだ子は、すべて卵で産まれている」

「……あれ？　でもギャラガー一座に、竜族の血を引くっていう役者がいるんですけど。ウソっていうこと？」

「ウソと言い切るには微妙だな。過去に、人間の子が生まれなかったわけではないが、それはすべて妻が浮気をした結果だと判明している。だが同時期にセックスをした場合、竜族の気が妻の中に残っていて、それが人間の子に混じることもあると言われている」

「ああ、じゃあ、ちょっとは竜族と名乗ってもいいのかな？」

「血を引いているというのはウソだがな」

「そっか…やっぱり竜族って、力が強いんですね。竜族の女性がいなくなって、絶滅の危機に人間を借り腹にするなんて……」

「繁殖力は、さらに弱くなったが。同種でさえ生まれにくかった子だからな。私たちは、やがては消えゆく種族なのだろう」

「アリスター様……」

表情を変えずに淡々と話しているが、深い悲しみが浮かんでいる。

リアムはアリスターにギュッと抱きつき、スリスリと胸に頭をすりつけた。

「大丈夫ですよ、きっと。竜族の力はすごいんだから、また何か抜け道を探すかも。奇跡的に女の子が生まれるとか、爆発的な繁殖力を持つ竜族が現れるとか」

「そうだといいな」

アリスターはリアムの髪に指を絡ませたり、ポンポンと撫でたりしながらそのやわらかさを楽しんでいる。

「私とリアムの間に生まれる子が、その抜け道かもしれない。がんばろうな」

「ええー……」

そうきたか、ずるいと、リアムはブツブツ口の中で文句を言う。

しかしその唇を塞がれ、舌を絡められると、目を回してジタバタと暴れた。

助けを求めようにも、ローランドはいつの間にかいなくなっている。広い居間で、アリスターと二人きりだった。

自分でなんとかするしかないが、アリスターの力は強い。それに困ったことに、キスも気持ちがいいのだ。

熱くてなめらかな舌が口腔内をくすぐると、ゾクゾクとしたものが生まれる。未知の感覚は怖いけれど、嫌なわけではない。気持ち良さに流されそうな自分が怖いだけだった。

(こ、困る…気持ちいいのが、すっごく困る……)

強い意思を持っていないと抵抗できないのは、なかなか大変である。

(が…がんばれ、オレ！　流されちゃダメだ)

リアムはそう自分を鼓舞し、アリスターの胸をドンドンと叩いてダメだと訴えるのだった。

城はとても広いから、一日二日で見終わるものではない。リアムはアリスターに案内してもらって、あちこちを見て回った。

城に住んでいる竜族たちの部屋を訪ねると、リアムには珍しい遠方の地の郷土品などを見せてもらえる。エキゾチックに部屋を飾りつけている竜族もいて、とても面白かった。

城住みでなくても、気の早い竜族たちは集まり始めているから、城内は少しずつ賑やかになってきていた。

ただ、それによって問題も出てくる。

リアムにとっての問題は——竜族の妻たちが、アリスターにちょっかいをかけることである。

さすがにカサンドラのように夫の前で堂々と誘惑をする伴侶はいないが、夫の目を盗んで秋波《しゅうは》を送ったりすることはある。

それに見張りでも置いているんじゃないかと疑うくらい、カサンドラとは何度も遭遇してしまっていた。

いつも夫と一緒というわけではなく、カサンドラ一人のときも少なくない。そしてそんなときは、隙あらばアリスターに触れようとするのだ。

今日もまた、城見物の途中で出会い、リアムは内心で悲鳴をあげる。

★
★
★

（なんでー⁉　どうして今日も、この人と会っちゃうわけ？　すっごいやだ）

今日のカサンドラは黒と赤の、大胆なドレス。いつものことながら、胸の刳《く》りが深くてこれみよがしだ。

「まぁ、アリスター様！　またお会いいたしましたわね。気の向くまま歩いていてこうも頻繁《ひんぱん》にアリスター様に出会うなんて、やっぱり運命の糸で結ばれているのかしら」

カサンドラはいつも、リアムの存在を無視するか睨むかのどちらかだ。基本は、いないもののように扱っている。

それもまた、リアムをムカッとさせることの一つだった。

なのでリアムは、カサンドラと会うと必要以上にアリスターに密着するようにしている。

今もカサンドラの顔を見た途端、アリスターの腰にヒシとしがみついた。ついでに、あっちに行けと睨んでみるが、一瞥《いちべつ》だにされないから効果はない。

本当に、アリスターが興味を見せないのが救いだ。カサンドラだけでなく、誰に対しても感情の籠もらない視線しか向けないのがリアムをホッとさせていた。

他の女性たちがアリスターを誘惑するのは、とても嫌なものである。

すでに夫を持つ身ではあるが、花嫁になる資格がある人たちなのだと思うと心穏やかではいられなかった。

そしてそんなことが何度か続くうちに、どうして心穏やかでいられないのか考えるようにもなる。

アリスターが好きなのは、もう分かっている。毎日一緒にいて、大切にされて、好きにならないわけがなかった。

けれどそれがアリスターに抱かれてもいいとか、卵を産みたいといった好きかどうかは分からない。

しかし目の前で美女たちがアリスターに媚を売るのを見ると胸がムカムカし、触るな、近寄るなと言いたくなる。焼きもちかも…でも、そういう意味での焼きもちなのかな…とグルグル考えてしまった。

とりあえずアリスターが自分にしたように他の人に優しくするのは嫌だし、一夜の情事を楽しむのも嫌だ。

アリスターは尊い竜王なのに、リアムの中には独占欲が生まれていた。

このムカムカをなくすためにはカサンドラから離れるのが肝心だと、リアムはアリスターの腰にしがみついたままお願い事をする。

「アリスター様、オヤツ。オヤツ、食べたいですっ」

「ああ。では、戻るとしようか」

「はいっ」

ありがとうと言うようにアリスターの胸に頭をグイグイと押しつけると、アリスターは嬉しそうに笑ってリアムの髪にキスをする。

「今日のオヤツはなんだろうな」

「ケーキかな〜。タルトかな〜。楽しみ」

アリスターはカサンドラに一切視線を向けることなく踵《きびす》を返したので、リアムがチラリと見てみると、カサンドラは鬼の形相で拳《こぶし》を握りしめていた。

（こ…怖い……）

目が合う前に慌てて逸らしたが、その表情にはゾッとさせられた。

（アリスター様の図太さがうらやましい）

アリスターにとってはカサンドラも他の女性たちもネコ扱いだから、言い寄られてもなんとも思わないらしい。

もしかしたら、ネコが足にスリスリしているくらいの認識なのかもしれない。それゆえ興味がないからと無視するだけで、わざわざ払いのけようとは思わない。

（でも…ちょっと、払いのけてほしいかも……。本当にネコなわけじゃないんだからさ。ネコなんて可愛いものじゃなくて、女《め》ギツネだよ。ううん、メストラかも……）

覇気のない夫の竜族より、カサンドラのほうが支配者然としている。どう考えても捕食者側の彼女が、アリスターを獲物として見ているのが怖かった。

（カサンドラさんを近くに来させないでって、言おうかなぁ。……でも、花嫁になるって言ったわけじゃないのに、図々しくない？）

竜王であるアリスターの宣言によって、もうまわりは婚儀に向けて動き出している。リアムへの扱いも花嫁に対してのもので、外堀はすっかり埋められているが、リアムの心情的にはまだアリスターの花嫁になると頷いたわけではなかった。

こうしてアリスターを誘惑しようとする女性たちと会うと、アリスターへの気持ちについて考えさせられる。

しかしそれ以外のときはずっとアリスターが一緒にいて大切にされているから、思考を停止して甘やかされるままになってしまう。

のんびりしているうちに時間は過ぎ、着実に婚儀の日が近づいてくると分かっていても、アリスターと一緒にいるのが心地好くて抜け出せない。

相手は竜王だし、そう簡単に意思を変えられないという諦めの気持ちはあるが、それ以上にアリスターといたいという思いが強かった。

カサンドラや他の女性のおかげで、アリスターはどんな相手もより取り見取りだと見せつけられたのも大きい。

いまだに自分が竜王の花嫁なんて…と思っているが、アリスターの隣にはいたいと思った。

本当は、自分の気持ちを探ってちゃんと把握しなくてはいけないのに、ついついアリスターに気を取られてそれどころではなくなる。

無理強いはしないが誘惑はするという言葉どおり、何気なく触れていた手が誘惑の動きになったりするので油断できないのだ。

流されそうになるのが一番の問題で、ダメと言うのも気をしっかり持っていないと難しかった。そんなだから、自分の気持ちと向き合うどころではないのだった。

いつもどおりの夕食の席。

まずは前菜からだ。綺麗に作られたそれをうっとりしながら平らげると、次にスープが運ばれてくる。

この日のスープはトマト味らしい。リアムは生のトマトは酸っぱくて苦手なのだが、火を入れると酸味が薄れ甘みが増すのでトマトスープは好きだった。

スプーンを取って飲もうとすると、アリスターに飲むなと言われる。

「え？」

驚いて顔を上げてみれば、アリスターの眉間に皺が寄っていた。初めて見る険《けわ》しい表情に、リアムは困惑する。

「毒が入っている」

「え？　え？　毒？」

リアムの頭に浮かんだのは、誤ってジャガイモの芽が入ってしまったとか、石鹸の粉が混入したなどの事故的なものだ。

「飲んだら、お腹を壊します？」

「そんなものではすまない。死ぬぞ」

「ええっ？」

それでは、本当に毒ということになる。ただの人間でしかない自分を狙ったとは思えないから、アリスターを狙ってのものかと心配になった。

「毒って、毒？」

「ああ。——ローランド、これを下げさせて、誰がなんのためにリアムを狙ったのか調べさせろ」

「毒…ですか？」

ローランドはリアムの皿を掴《つか》むと、鼻先に持ってきて匂いを嗅《か》いで首を傾げる。

「毒の匂いはしないように思いますが…本当に入っているのですか？」

「我々の鼻をごまかすための調合がされているようだ。目を閉じて、鼻に神経を集中して嗅いでみろ」

「はい。——こ、これは……」

鼻のいい竜族をごまかす調合なうえに、竜族には効かないが人間なら即死する毒が混入されていた。そのことから、狙われたのはリアムと明白である。しかもアリスターがいなかったら成功していただろうことに、アリスターはとても怒っていた。

「竜族の鼻をごまかす調合など、そう簡単にできるものではない。竜族の誰かが作ったか、人間だとしても竜族の協力が不可欠となる」

険しい表情のアリスターに対し、ローランドは激しい動揺を見せる。

「まさか、そんな。アリスター様の花嫁を殺そうとする竜族など、いるはずがありません。百年もの間、待ち望んでいた花嫁なのですから」

「それは分かるが、毒が混入されていたのは事実だ。誰かの殺意が、リアムに向けられている」

「しかし…花嫁の殺害は、仲間を裏切る行為です。繁殖力が飛び抜けて高い竜王の花嫁を殺せば、竜族の未来にかかわってくる…そんなことをしますか？」

「実際に、しようとしたんだ。犯人は、絶対に見つけなければならない。分かっているな」

「はいっ」

表情を厳しくしたローランドが皿を持ったまま慌てて退出していき、アリスターがリアムの側に来て後ろから抱きしめる。

「大丈夫。リアムは私が守る」

「は…い……」

　自分を狙って毒を盛られたというのが、いま一つ信じられない。なぜ、どうして…と、疑問が頭の中を巡っていた。

「本当に、狙われたのはオレ…なんですか？」

「ああ。スープの鍋に毒が入れられていたようだが、あれは竜族には効かない。飲んで死ぬのは、人間だけだ」

「でも…毒を入れた人が、竜族には効かないって知らなかったってこともありますよね？　竜族が長命で頑健なのは知られていますけど、毒が効かないなんて聞いたことないし」

「なるほど…そういうこともありえるか。私としても、リアムを狙うより私を狙ってくれたほうがありがたい。竜族に裏切り者がいると考えるのも嫌だしな。しかし、その可能性はかなり低いぞ。偶然で、竜族の鼻をごまかせる調合ができるはずがない」

「アリスター様が狙われる場合の理由と、オレが狙われる場合の理由って、何があるんですか？」

「私を狙うのは、人間だ。権力や財力を持つ人間にとって、竜族は鬱陶しい存在だろう。私たちの繁殖力に問題があるのは知れ渡っているから、できれば絶滅してほしいと思っているだろうな」

「………」

リアムたち旅一座にとっては、権力者の横行を許さない竜族はありがたい存在だ。しかし横暴がすぎれば権力や財産を没収されることになる当人たちは、きっと忌々《いまいま》しく思っているに違いない。

「百四人の竜族のうち、子供ができたのはわずか八人。しかし歴代の竜王は、三人から十人の子供を作っている。竜王がいなければ、竜族の滅亡が一気に速まるのは確かだ」

「そんなに違うんだ……。じゃあ、オレを狙う場合は？」

「歴代の竜王は、一人の花嫁と添い遂げている。代わりなど、簡単に見つかるものではないんだ。私の場合は、百年も花嫁が見つからなかったという事実もあることだし。婚儀の前ならリアムは普通の人間と同じように脆《もろ》く弱い体だから、私を殺そうとするより遥かにたやすい。……もしくは、自らが花嫁になろうと考えた者の仕業か……。まだ、どちらか判断できないな」

花嫁に成り代わるという言葉で、リアムの頭にカサンドラの顔が浮かぶ。

カサンドラは薬師だと言っていたし、夫は竜族だから、竜族の鼻をごまかす毒を作れるのではないかと思った。

しかしアリスターの言葉やローランドの衝撃を受けた様子から、竜王の花嫁を殺すという行為がどれほどの大罪か分かる。

いくらスタンリーがカサンドラの尻に敷かれているといっても、花嫁を殺すための毒薬作りに協力するとは思えなかった。

それに、スープに毒を入れる難しさもある。

夫が竜族だから城に出入り自由で部屋をもらえるとはいっても、住んでいるわけではない。カサンドラやスタンリーが厨房《ちゅうぼう》をウロチョロしていたり、アリスターの配膳係に接触したりするのは無理があった。

料理人たちは厳選された人間ばかりだし、最上階に出入りできる使用人たちはみんな厳しい審査を通っている。

竜王に仕えるという名誉と、高い給料。竜王を裏切ったあとの処罰を考えれば、そう簡単に協力するはずがない。

いったい誰が…という疑問が頭を駆け巡り、同時にもう少しで成功するところだった――殺されるところだったという事実がリアムに寒気を覚えさせる。

(怖い……)

竜族であるローランドの嗅覚を易々とごまかした毒。遺物の混入に神経を尖らせているはずの料理人たちの目や、厳しい規範を教え込まれた配膳係をどうすり抜けたか分からない。

犯人が見つからないかぎり、また同じことがあるかもしれないと思うと、ゾッとして鳥肌が立った。

リアムの体がブルリと震えると、背後から抱きしめるアリスターの腕に力が籠もる。

「大丈夫。大丈夫だ。リアムを傷つけさせたりしない。リアムは私が守る」

「はい……」

それについては、信用できる。

竜王であるアリスターは無敵で、誰よりも強く賢い。実際に、リアムを毒から守ってくれた。

アリスターと一緒にいれば大丈夫なのだとリアムは緊張を解き、ホッと小さく吐息を漏らした。

★
★
★

ローランドは城住みの竜族たちとともに犯人捜しをしたが、その結果は芳《かんば》しくないという。五感の優れた竜族たちは人間のウソなどたやすく見抜けるはずなのに、厨房や配膳にかかわった人間たちを詰問しても、毒を入れた者も、ウソをついている者も見つけられなかったのである。

おかげでアリスターは苛立《いらだ》ち、ますますリアムから目を離さなくなった。

「アリスター様、そんなピリピリしていると、また頭痛が戻ってきちゃいますよ」

ローランドの報告を聞くたびに眉間に寄る皺を、リアムが指でグリグリと押す。

アリスターの動揺や不安はリアムに伝わり、そのピリピリした空気を息苦しく感じた。

しかしそれは、リアムを失うのを恐れているがゆえの緊張だ。アリスターの動揺の具合で、リアムを大事に思ってくれていると分かる。

父や母とは違う——だが、愛を伝えてくれる手のぬくもりと抱擁。強く逞しいその腕に抱きしめられると安心できる。

リアムより体温の低い体に寄り添って眠るのにも慣れ、夜中にフッと目が覚めたときにアリスターがスウスウと眠っているのが嬉しい。安らかな寝息は頭痛に悩まされていないことを示し、リアムをホッとさせるのだ。

竜王だけあって強引で…だが、誰よりもリアムを大切にしてくれる。だからリアムもアリスターを信頼し、寄り添っていた。

アリスターは小さく溜め息を漏らすと、リアムの髪に顔を埋めて匂いを嗅ぐ。

「いい匂いだ。フワフワだし、リアムの髪は最高の癒やしだな」

「アリスター様と同じ石鹸なんだから、同じ匂いですよ。フワフワは…やっぱり、いい石鹸を使うと違いますね〜」

栄養たっぷりの食事と質のいい睡眠のおかげで、リアムの髪も肌もすこぶる調子がいい。

暇なときの衣装作りは趣味として許されているが、洗濯や洗い物などの雑用がなくなったことで、荒れていた手もツルツルになった。

頬が少しふっくらし、血色も良くなったことで、我ながらお金持ちのお坊ちゃまみたいに見えるな〜と思っていた。

犯人捜しが難航する中、婚儀の準備は着々と進んでいき、衣装のための仮縫いや装飾品選びなどもする。竜王の花嫁であるリアムの戸惑いや迷いなど、竜王の意思の前には無意味。めでたいめでたいとどんどんお膳立てされていった。

そして婚儀には、一座の仲間たちに祝いの舞を披露させるという。旅芸人にとっては最高の名誉で、それはアリスターからリアムへの心遣いだと分かっていた。

サラリとそんなことをしてくれるから、困ってしまう。

アリスターが竜王で逆らえないという立場とは別に、大切にして、全力で守ってくれようとしている相手を悲しませたくないという気持ちは強かった。

それにアリスターなら、リアムがどんな大失敗をしても笑って面白がってくれそうだ。

緊張して右手と右足が一緒に出てしまう歩き方も見たがっていて、もし婚儀の際にやってしまっても、可愛いと大喜びしそうだ。

命を狙われているかもしれない今、アリスターから離れるのが怖いリアムとしても、花嫁への拒否感が薄れてきている。

美味しい食事とオヤツ、フワフワの毛布や大きなお風呂。何よりもアリスターが側にいて、リアムを大切にしてくれる。

旅芸人一座という大きな家族の中での一人だったリアムにとって、誰かに特別に思ってもらえるのは嬉しいことだった。

アリスターの腕の中で安全にぬくぬくと過ごせる喜びを知り、今更アリスターと離れるのは寂しい。まわりの準備が着々と整っていくこともあり、リアムはまぁいいか…という気持ちで流されていた。

婚儀までもうあと一週間に迫ったある日。

昼食のあと、庭を散歩してから東屋《あずまや》でのんびりしていると、大慌てでローランドが駆け込んでくる。

「大変です！　スタンリーが町で大暴れしているとのことです」

「なんだと？」

「完全に正気を失った様子で、言葉が通じないそうです。我々の手には負えません」

「分かった、私が行く。……お前はここに残って、リアムを守れ」

「かしこまりました」

「リアム、そういうわけだから、私は少し出てくる」

「気をつけてくださいね」

「ああ。リアムこそ、私が戻るまで飲食禁止だ。水も飲むな」

「はぁい」

毒殺未遂があっただけに、油断は禁物だ。命が惜しいリアムは、コクリと頷いた。

アリスターはそんなリアムに手を伸ばして頬を撫で、離れるのが嫌な様子を見せる。しかしそうもいかないので竜の姿で飛び立つと、ローランドと二人になったリアムは何があったのか詳しいことを聞き出そうとする。

だがその場にいたわけではないローランドも、そう詳しいことは分からないそうだ。

「スタンリーって、カサンドラさんの旦那さんの？」

「はい、そうです」

偶然というにはおかしな高確率で出会ったスタンリーという火竜は、本人よりその妻のほうが印象的だった。

夫を前にして堂々とアリスターに言い寄り、手を握ろうとしたり、豊かな胸を押しつけようとしたりしたのである。

自分の妻が他の男に露骨に誘いをかけていたのに、スタンリーはニコニコしていて変な人だなと思った。

「あの人か…確かに変だったけど」

「穏やかな男なのですが、いったい何があったのか……」

完全に正気を失っている竜は、普通の竜では手に負えない。仲間だからどうしても手加減をしてしまうが、相手は殺す勢いなのである。

「圧倒的な力の差があるアリスター様に取り押さえてもらう他、ないのです。貴重な仲間を減らしたくありませんから」

「でも…スタンリーさんは、正気をなくしているんですよね？　そういう人って、すごい力を出したりするじゃないですか。アリスター様、大丈夫ですか？」

「それは、もちろん。我々とアリスター様では、大人と子供ほどの力の差があります。子供が癇癪《かんしゃく》を起こしても、大人には敵いませんから」

「そうなんだ。よかったー……」

　アリスターが怪我をすることはなさそうだと分かり、リアムは胸を撫で下ろす。

「それにしても、どうしてスタンリーさんは、正気をなくしたんだろう？　そういうことって、今までありました？」

「聞いたことがありませんね。本当に、いったい何があったのか……」

　う～んと二人で首を傾げていると、淡い水色の髪の氷竜がやってくる。

「ローランド、こんなところにいたのか。久しぶりだな。――あ、竜王の花嫁ですね。初めてお目にかかります、マーカスと申します」

「リアムです。その髪は氷竜ですよね？」

「ええ。ですから、夏は重宝されますよ。私は氷が作れますから」

「ああ、それは確かにありがたいかも。町でたまに食べさせてもらえるかき氷、冷たくて美味しかったな」

　夏が近づきつつある今の時季、一昨日は少し暑かったからか、昼食のときに氷入りの飲み物が出てきた。氷は高価なので、リアムは贅沢だなぁと感激してしまった。そして、氷竜がいればいくらでも氷が作れるのかと考える。

「そうそう、氷をもっと活用できないかと考えて、いいものを作ったんですよ。ちょっと取ってきますね」

そう言ってマーカスは速足でいなくなる。

「ローランドさんの友達？」

「ええ、まぁ。さほど親しいわけではありませんが。我々竜族は仲間意識が強いので」

「百四人しかいないんだっけ？」

「そうです。アリスター様が花嫁を娶《めと》ってくだされば、もう少し増えると思うのですが」

「……………」

それはつまり自分が竜王の卵を産むということで――リアムはポポポッと顔を赤くする。

「誰にも目を向けなかったアリスター様が、リアム様を花嫁にすると言った以上、我々竜族は全力を挙げてリアム様を支持します」

「でもオレ…アリスター様のこと、そういう意味で好きか分からない……」

「同じものを食べ、同じベッドで眠っていらっしゃるでしょう？　アリスター様の存在と抱擁も受け入れられたようですし」

「そ、そんなの……」

「リアム様といるときのアリスター様は、今まで見たことがないほど穏やかで…けれどときおりリアム様を食い尽くしたいという目で見ていらっしゃいます。リアム様もお気づきでは？」

「そう…だけど……困る……」

「困りはしても、嫌ではないのですよね？　それが答えなのではないでしょうか」

「……………」

ローランドの言葉に、リアムは考えさせられる。確かに、困るけれど嫌ではないし、キスやちょっとした愛撫《あいぶ》といった行為を受け入れてしまってもいる。本当に嫌だったら、そんなの我慢できないよなぁと思った。

実際、かつて町で買い出しの大荷物を抱えて歩いていたとき、手伝うと言って誘いをかけてきた男に手を触れられたときは、その感触にゾッと鳥肌が立ったことを思い出す。自信満々なだけあって顔のいい男だったが、とても気持ち悪かったのである。

（竜族って美形だらけで…ローランドさんも美形で親切でいい人だけど…キスは無理かも。……うん、無理。やだ。じゃあ、アリスター様は？）

考えれば考えるほど、自覚していないだけでアリスターのことを好きなのでは…と思えてくる。しかも今は危険な竜を取り押さえに行っているのだから、心配でたまらなかった。ローランドはアリスターなら大丈夫だと言うが、いくら力の差があっても万に一つがないとはかぎらない。

（アリスター様が怪我したら、泣いちゃうかも。怪我じゃすまなかったら……？）

そんなのは考えるのも怖い。アリスターと出会ってからまだ三週間しか経っていないが、いつの間にかアリスターはリアムの大切な人になっていた。

やがてマーカスが手に二つのコップを持って戻ってくる。中には、今まで見たことがない飲み物が入っていた。

「これは？」

「夏に、最高に美味しい果物のフローズンジュースだ。果物を搾《しぼ》った果汁を、完全には凍らせないようにしてみた。なめらかな舌触りでとても美味しいから、ぜひ二人に試してもらいたい」

「わぁー」

すごく贅沢な飲み物だとリアムが手を伸ばすが、ローランドに取り上げられてしまう。

「アリスター様が戻られるまでは、水も飲んではいけないとのご命令です」

「み、水じゃないよっ。美味しい美味しい、フローズンジュースだよ」

「飲食禁止ですよ」

「でもっ、でもっ、美味しいフローズンジュース……」

見たことがない新しい飲み物で、いかにも美味しそうな説明を聞いたあとでお預けはひどい。

リアムは思わず恨めし気な目をローランドに向けてしまった。

「そんな目で見てもダメですからね」

「うーっ。ローランドさんの意地悪」

そこでマーカスがローランドに言う。

「リアム様がダメでも、ローランドはいいだろう？　試してみてくれよ。なるべくたくさんの人たちに飲んでもらって、改良点を聞きたいんだ。これからの時期にピッタリの飲み物だと思わないか？」

「確かに、旨そうだ」

「ローランドが気に入ったら、アリスター様にもお出ししてみるつもりなんだ。だから、その前に味見してくれ」

「分かった」

ローランドへと渡されたグラスを口元に持っていこうとするのに、リアムはブーブー文句を言う。

「ローランドさんだけ飲むなんてずるーい。オレも飲みたいっ」

「ダメですよ。アリスター様の言いつけは守らないと。そうだ。アリスター様は氷も作れますから、作ってとおねだりしてみたらどうでしょう。きっと喜ばれますよ。アリスター様は、リアム様を甘やかしたがっていらっしゃいますからね」

「えー」

「リアム様からキスの一つでもして、可愛らしくおねだりすればいいんですよ」

「そ、そんなの……」

リアムは思わず、照れてモジモジとしてしまう。そしてローランドに、もっと甘えてあげてください《》と言われる。

そんなことを話していると、焦《じ》れた様子のマーカスが割り込んでくる。

「いいから、早く飲んでくれ。溶ける」

「ああ、悪い。そうだな。飲んでみよう」

ローランドは一口飲んで旨いと言い、リアムはやっぱり恨めしげな目を向けてしまう。自分の分がすぐそこにあるのに～と悲しかった。

「どんな感じ？　果物の甘味とか、触感は？」

「ただのジュースよりさっぱりしていて飲みやすいですね。なめらかな舌触りだし、これはいい。私たち火竜は冬でも暑く感じるときがあるから、人気が出そうだ。あまり甘いものを好まないアリスター様も、これなら美味しいと思ってくれるんじゃないかな」

実に美味しそうにゴクゴクと飲み干すローランドに、マーカスは満足そうに頷く。

「そうか、よかった。――体の調子は？」

「なんのことだ？　別に普通――ん？」

ローランドの表情が怪訝なものへと変わり、自分の指先を見る。

「なんだ？　指が、痺《しび》れ……」

話している途中で舌がもつれ、ガクリと膝をつく。

「ロ、ローランドさん⁉」

「痺れ薬が入っていたんだよ。大丈夫。少し意識を失うかもしれないが、それだけだ」

「な…ぜ……」

「アリスター様の花嫁がリアム様では困るんだ。なぜ困るかは、よく分からない。だが、とても、とても困る。――私は、分からなくて、いい。私がするのは、リアム様を、殺す。殺す、殺す…それが、私の役割。やらなければならないこと。そう、やらなければいけない。殺さなければ……リアム様は、ただの人間だ。まだアリスター様の花嫁ではなく、人間。だから、大丈夫。殺せる。殺す…殺せ…殺さなければ……」

さっきまでは普通の様子だったマーカスが、今はうつろな目でブツブツと呟いている。明らかにおかしなその様子といい、言っている内容といい、とんでもないことだった。

しかし何度も繰り返しているところに、マーカスの葛藤《かっとう》が見える。暗示でもかけられて、それに抗《あらが》っている感じもあった。

リアムは逃げなければ…と思うのだが、恐怖で足が竦《すく》んで動けない。それに、相手は氷竜だ。リアムがどんなに必死に走ったところで、逃げきれるはずがない。

一瞬にして捕らわれて切り裂かれるか、それとも氷の刃に貫かれるか…どちらにしても竜がその気になればリアムを殺すのは簡単だった。

「マーカス…花嫁、だぞ。我らの未来を、担うお方……」

「そうだ、花嫁は、とても大切な存在。次代の竜を、産んでくれる」

「そう、だ。とても、大切な方。竜たちの、母となるお方……」

苦しそうにマーカスを説得しようとしているローランドは、人型の爪を竜のそれへと変え、自分の太腿を突き刺している。気を失うわけにはいかないと、痛みで意識を保っている状態だ。

チラリとリアムに向けられた目と、手のひらを下に向けたときの動作とで、動くなと指示している。

動けばマーカスを刺激することになり、逃がすまいと襲いかかられるかもしれない。

リアムは恐怖で真っ白になった頭で、ドクンドクンという自分の鼓動を聞いていた。一秒がとても長く感じられる。

ローランドは必死な面持ちで、言葉を途切らせることなくマーカスに話しかけ続ける。

「お前が、花嫁を…殺したいはずが、ない。花嫁は、大切な存在。知っているだろう?」

「竜王の、大切な存在」

「そうだ。とても、とても、大切な存在だ。花嫁を殺せば、竜王が嘆《なげ》く。苦しむ。リアム様は、アリスター様が唯一心許した花嫁だ」

「アリスター様が、嘆く……大切な存在……」

眉間に皺を寄せて呻きながらマーカスがブツブツと呟いていると、ローランドが小さな声でリアムに言う。

「アリスター様に、助けを求めてください。叫んで」

「あ――」

リアムは大きく息を吸い、天に向かって声のかぎりに叫んだ。

「アリスター様っ！　助けて‼」

「――‼」

しかしその声は、マーカスを刺激したらしい。弾かれたようにビクリとしたかと思うと、リアムに飛びかかってくる。

「マーカス‼」

マーカスの鋭い爪からリアムを庇《かば》い、ローランドの肩が抉《えぐ》れる。

「ぐうっ」

仲間を傷つけたことにマーカスが怯《ひる》み、頭を抱えて苦悶《くもん》の様子を見せた。

「あっ、あ…なんということを……しかし、リアム様を、殺さなければ……」

「マーカス、ダメだ。この方は花嫁だぞ」

「殺さなければ…いけないんだ。まだ、花嫁ではない…殺さなければ……殺す、殺す‼」

傷を負ったローランドを突き飛ばし、マーカスがリアムに詰め寄る。右の手には竜の爪が現れ、リアムを狙っていた。

「殺す！」

「………っつ」

絶体絶命のその瞬間。リアムの頭にあったのはアリスターだけだ。助けてと訴え、もう一度会いたい、生きて一緒にいたいと思う。

自分の死で、アリスターが傷つくのが怖い。ローランドが言っていたように、アリスターの一生の伴侶となってアリスターの子を産みたいとさえ思った。

リアムは、アリスターのことが好きなのだ。

花嫁になれと言われ、毎日一緒にいるうちに、いつの間にか好きになっていた。

アリスターは竜王だから自分のしたいようにするし、リアムが花嫁なんて無理と言っても聞いてくれない。

無理やり城の最上階に住まわされてしまったりもしたが、リアムが本当に嫌がること——力ずくで犯したりはしなかった。

日常生活の中でキスしたり触ってきたりするのに、一番危険な風呂やベッドでは手を出してこない。

リアムを怯えさせないよう、配慮してくれたのだ。

至高の存在にそんなふうに大切にされ、うっとりするような美しい顔で見つめられれば、好きにならないほうがおかしかった。

このまま生きて、アリスターとずっと一緒にいたい。

他の花嫁候補にアリスターを渡したくないし、竜族の妻たちが色目を使うのにもムカムカした。

竜王の花嫁になれば、アリスターの唯一無二の存在になる。アリスターと同じだけの寿命を持ち、ずっと一緒にいられるのだ。

アリスターに抱かれるのはどんな気持ちだろう——竜の卵を産むのは？

小さな竜は、きっととても可愛い。滅びへと近づいている竜族のためにたくさんの卵を産み、アリスターの頭痛の種の一つでもあった憂慮《ゆうりょ》を減らしてあげたいと思う。

アリスターを幸せにし、リアムも一緒に幸せになりたかった。

「アリスター様……」

リアムには、たくさんの未練がある。まだ死にたくなかった。

しかし鋭い爪がリアムを切り裂こうとしている。

思わずギュッと目を瞑ったとき、ウオォォォーンッという凄まじい咆哮《ほうこう》が聞こえた。

その声はマーカスの動きを止め、次の瞬間、空間を切り裂くようにアリスターが現れた。そして黒い羽でマーカスの体を薙ぎ飛ばし、リアムを背後に庇って強烈な炎をマーカスに浴びせかける。

「うわあぁあぁぁ」

炎に包まれたマーカスはのた打ち回っていた。高温のそれは、黒竜の巨体の陰にいてさえ熱く感じる。氷竜にとってはかなりの打撃なのが分かった。

アリスターはマーカスを炎で作った檻《おり》に閉じ込め、人型になる。そしてリアムをギュッと抱きしめた。

「無事でよかった。リアムの声が聞こえたときは、もう間に合わないかと思った」

「聞こえ…たんだ……」

町まではかなりの距離がある。力の限り叫んでも、届くような距離ではない。

「リアムの声なら、私には聞こえる。何かが起きたのだと…リアムが危険なのだとすぐに分かった」

「ありがとう…助けに来てくれて」

生きていられることが嬉しい。

アリスターがリアムの助けを求める声を聞き、駆けつけてくれたのが嬉しい。

真実、大切にされているのだと分かったのが嬉しい。

リアムは感謝と、いろいろな想いを込めてギュウギュウとアリスターにしがみつく。

「オレ…オレね、アリスター様のこと、好き。殺されるかもって思って、初めて分かった。オレが死んだら、アリスター様、泣くでしょう?」

「もちろんだ。悲しくて、つらくて、苦しくて…どうなるか分からない」

「アリスター様を苦しませるの、嫌だって思ったんです。それに、アリスター様の花嫁になって、竜の赤ちゃんが産みたい。きっと可愛いよね」

「……本気か？」

「うん。殺されそうになってようやく分かるなんて、鈍いな～って思うけど、アリスター様が好きだ」

「リアム……」

アリスターは感極まったように小さく呻き、強くリアムを抱きしめ、それからムチュッとキスをする。

「んーっ、んーっ」

ローランドが見ているのにとリアムは抵抗するが、いきなり口腔内を激しく動き回る舌に翻弄される。ましてや普段からアリスターのキスに慣らされている身なので、すぐに夢中になってしまった。

解放されたときにはクッタリとなった体はアリスターに抱き上げられ、立ち去る前にアリスターがローランドに声をかける。

「誰か差し向ける。お前は薬が抜けるまでおとなしく休んでいろ」

「は…い……」

ローランドはホッとしたのか太腿から自分の爪を引き抜き、ガクリと崩れ落ちる。

「あっ…ローランドさん……」

「命に別状はないから大丈夫だ。あの程度の傷なら、二日もあれば治る」

　そう言ってアリスターは城へと向かい、異変を察して駆けつけてきた竜族たちに指示をする。

「東屋にローランドとマーカスがいる。マーカスがローランドに薬を盛り、リアムを殺そうとしたようだ。マーカスは炎の檻に閉じ込めてあるから、なぜリアムを殺そうとしたのか聞き出せ」

「は、はいっ」

「スタンリーは水の檻の中で暴れ続けています。それと、妻のカサンドラがアリスター様に会わせろと騒いでおりますが」

「スタンリーもマーカスも薬を使われているようだから、抜けるまで好きに暴れさせろ。やつらに私の檻は破れない。妻のほうは軟禁用の地下牢《ちかろう》に閉じ込め、話に耳を貸すな。あの女はあまりにも薬臭い。私への態度といい、今回の黒幕の可能性がある。すべては、二人の薬が抜けてからだ」

「かしこまりました」

「私はしばらく部屋に籠もる。あの二人の薬が抜けるまで、近寄るな」

「はい」

　城内が騒然とし、ワタワタと竜族たちが動き回っている中でアリスターに抱っこされているのは恥ずかしい。

　最上階に向かう階段などの限られた空間ではないし、今は婚儀に合わせて城住みではない竜族たちもたくさんいるのである。

　知らない顔がいくつもあるのに気がついたリアムは、小さくなってアリスターに下ろしてと言う。

「あの…オレ、怪我してないから、自分で歩けます」

「このほうが楽だろう？　リアムはひどいショックを受けたばかりだからな」

「楽…だけど、恥ずかしいですよ」

「私の花嫁を抱いて運んで、何が悪い。恥ずかしいことなどないぞ。私が花嫁と仲良くしていれば、みな喜ぶだけだ。百年も花嫁が見つからず、やきもきさせていたからな」

「あー…そうかも」

　ようやく決まった花嫁に竜族は大喜びで、竜王と花嫁の仲睦《なかむつ》まじい姿に相好《そうごう》を崩す。アリスターがリアムを抱いて運んでいても、微笑ましく思うだけだというのは今までの経験で知っていた。

　だからといって恥ずかしくなくなるかといえばそんなわけもなく、リアムはアリスターの胸に顔を埋めて見られまいとする。

「何がそんなに恥ずかしいんだ？　リアムは私の花嫁なのだから、堂々としていればいい」

「そういう問題じゃないんです～。抱っこで運んでもらうなんて、子供みたいじゃないですか」

「ああ、そういうことか」

「そこは、『そんなことない』って否定してください。オレ、子供じゃないんだから」

「そうだな。私はリアムを子供扱いしていないぞ」

「でも…すぐこうやって抱っこするし……」

「これは子供扱いじゃない。恋人扱いだ。私が、子供を抱っこで運ぶと思うか？　リアムだからだ」

「な、なるほどー」

そういえばアリスターは竜王だし、子供好きというわけでもなさそうだ。

子供扱いではなく恋人扱いだと言われ、リアムはカーッと顔を赤くした。

「嬉しい……かも？」

「かも、は余計だ。嬉しいだけでいいだろう」

「そうですね。嬉しい……うん、嬉しい。アリスター様は、ずっとオレのこと、恋人扱いしてくれてたんだ……」

「花嫁にするというのは、そういうことだ」

「でも…オレが頭痛の特効薬だからっていう理由だと思ってたし、アリスター様、キスしたり触ったりするけど、一番危ないお風呂やベッドではしなかったし……。本気の性的なものを感じなかったというか、からかってるだけなのかな～と……」

「そんなものを見せていたら、怯えて逃げようとしたんじゃないか？　城に慣れさせせ、私の存在に慣れさせてから、少しずつ進めていた。今は、キスも、触られるのも嫌ではないだろう？」

「うー…だってアリスター様、ちょこちょこキスしてくるし……。嫌だって言えばやめてくれるから怖さは感じなかったな」

そうしてどんどんキスは深くなり、触られている時間も長くなっている気がする。

キスや触れる手の気持ち良さに体も心も馴染んでいき、半分受け入れてしまっていた。

「私の思惑どおりだ」

「そ、そうなんですか？　オレ、アリスター様の手の上で転がされてた？　コロコローっと？」

「実に素直で可愛かったぞ」

「うーっ」

全然嬉しくないと、リアムは唸る。

相手は百年も生きている竜王なのだから、リアムが転がされるのも仕方ないと思いつつ、やっぱり少し悔しい気がするのだった。

最上階の竜王の間に入るとアリスターは扉に水をまとわりつかせ、誰も入れないようにしてしまう。それから寝室に移動して、ベッドに下ろされた。

もう一度キス。今度はしっとりと…そして、甘さをたっぷりと含んだキスだ。

だがアリスターの手がリアムの服に伸びて脱がせようとすると、リアムは慌ててしまう。

「ま、待って、待って。あの……するの？」

「私のことが好きだと分かったんだろう？　私の子を産みたいと言ったのを忘れたのか？」

「わ、忘れてませんけど、こんないきなり？」

好きだとはっきり認識したのはついさっきだ。それにリアムはマーカスに殺されかけたばかりだし、アリスターはスタンリーとマーカスを制圧したとはいえ、外はまだ騒然として事件の収拾に走り回っているはずだった。

リアムの心の準備が整っていないし、アリスターがいなくてもいいのだろうかという疑問が湧《わ》き起こる。

「いきなりではない。私は三週間も前からアプローチし続けていたぞ」

「そうだけど…ついさっき、好きって気がついたばかりなのに。まだ結婚してないし」

よく分からないが、初夜も婚儀の中の一部なのではないかと思っていた。

竜王のための婚儀はさすがに大掛かりな様子で、城内の飾りつけも華やかなものである。

「私にあと一週間も待てと言うのか？　無理だな」

「えーっ」

「あと少し…ほんの少し駆けつけるのが遅ければ、リアムはマーカスに切り裂かれていた。リアムを失っていたかもしれないという恐怖がこびりついて消えない……リアムがちゃんと存在していることを確かめ、私のものにしたいんだ」

「アリスター様……」

リアムの頬を撫でる指先が少し震えていて、アリスターがどれほどの恐怖を味わったのか教えてくれる。

リアムはアリスターの手を取ると、両手で包み込んで笑みを見せた。

「オレ、ちゃんと生きてますよ。アリスター様が助けてくれたから大丈夫」

「ああ、生きている。本当によかった」

「うん」

生きていてよかったと——こうしてアリスターと触れ合えてよかったと心から思う。

アリスターがリアムの生を確かめたいという気持ちも理解できて、スーッと不安や恐怖が消えていく。

痛くて、苦しくて、大変な思いをするという、男同士のセックス。

軽い気持ちでしようなんて思うなと口を酸っぱくして言われたが、アリスターとの関係は真剣なものだ。

それにリアムのことをとても大切に思ってくれているアリスターなので、痛みや苦しさも最小限にしてくれると信じている。

自らの欲望のまま、リアムを手荒に扱うとは考えられなかった。

どうせ一週間後には婚儀だし、今して悪いこともない。命の危険を乗り越えたあと、互いの存在をしっかりと確かめ合いたいという欲求は強かった。

「……」

熱い瞳で見つめられ、キスが降ってくる。

薄く開いた唇から入り込んでくる舌を素直に受け入れ、絡ませながらボタンを一つ二つ外される。

前をはだけると、ピンク色をした竜の爪痕の痣が現れる。

竜族の子が産める――竜王の花嫁になれるという証。この痣があったからこそリアムは花嫁の庭に召集され、アリスターと出会うことができた。

そう思うとリアムは、持って生まれた自分の痣に感謝を覚えるのだ。

どうやらそれはアリスターも同じらしく、愛おしそうに痣にソッと唇を寄せる。

「私のものだ……」

痣に沿ってペロリと舐められると、ゾクリとしたものが腰から生まれて背筋へと這い上がっていった。

思わず身震いしてしまい、アリスターが小さく笑って痣に吸いつきながら感じやすい乳首に触れてくる。

指の腹でくすぐられるとプクリと立ち上がり、鼻にかかった甘い吐息が漏れる。

「ん、ぁ……」

リアムの体はもうそれが快感だと理解していて、歓迎していた。

服を脱がせられるのにももう抵抗せず、腕や腰を持ち上げて協力した。

しかしアリスターが脱ぐのは、見ていられない。これからするのだという状況の中、相手の体を見るのは恥ずかしいし。怖かった。

ふと視線を逸らしたリアムは、窓の外の光景を見て、そういえばまだ昼間なんだと思い出す。こういった行為は夜にするものだという意識があるし、明るさは強い羞恥《しゅうち》を呼び起こす。

「な、なんか……」

暗くなるまで待ったほうがいいんじゃないかという言葉は、全裸になったアリスターに組み敷かれることで声にならなかった。

リアムの表情を読むのがうまいアリスターは、リアムが室内の明るさに怯んだのも分かったようだ。

「今更、やめないぞ」

「で、でも、まだ昼間だし……」

「夜にしかしてはいけないというものではない。人間は昼に仕事をしているから、夜にするだけだろう。その点、私の一番の仕事は子作りだから、昼も夜もするのは仕事熱心ということになる」

「ん～？」

確かに竜王であるアリスターには、これといった仕事はない。雑事はすべて他の竜族や人間の使用人たちがするし、毎日のんびりと散歩をしたり楽器をかき鳴らしたりするだけだ。

「百年もサボっていたんだから、ようやく花嫁が見つかったこれからは挽回《ばんかい》していかないとな」

「えー……」

子作りには必然的にリアムも巻き込まれるから、そんなに張り切って挽回されては困る気がする。

「あ、あのっ。オレ、普通の人間だし、体格的にもアリスター様についていくの、難しいと思うんですけど……」

「婚儀を無事にすませれば、大丈夫だ。私の精を取り込むことで、リアムは強くなる」

「そう…なんだ……」

いま一つ理解できないが、アリスターが言うのなら間違いないのだろうと思う。

「それまでは、私もきちんと加減するぞ」

「………」

ホッとするような、婚儀後が不安なような、複雑な心境になる。

しかしアリスターがリアムの乳首に吸いつくことで、それ以上考えられなくなった。

「あっ……」

指で触れられるのとは、まったく違う感触。ツキリとした甘い痺れが走り、もう片方を指でいじられて熱い吐息が漏れた。

いつもは服や寝間着を着ている状態での悪戯だが、今は二人ともに全裸である。

アリスターの唇と手は布に遮られることなく、リアムの肌に触れてくる。

首筋や乳首に吸いつく唇と、肩や胸、足などを撫で回す手。どちらもリアムをゾクリとさせ、体が熱くなっていく。

「……あぁっ」

体の中心に触れられるのは、初めてだ。そこが欲望の源だというのは知っているし、正常発育の証明とばかり自慰をしたこともある。

けれど常に団体行動の旅一座ではなかなか機会を見つけるのが難しかったし、リアムはあまり性欲があるほうではないらしく、自慰したのは数えるほどである。

気持ちはいいが、前後の面倒くささを考えると必要最小限でいいか…と考えていた。

それが今――他人の手でいじられるのは、自分でするのとはまったく違うと知らされた。

分かりやすく、強烈な快感。

リアムの体内の熱は一気に高くなり、アリスターの手が上下に扱《しご》き、先端を指で擦るたびに足を擦り合わせ、のたうつことになる。

「あ…んぅ……あっ、あっ」

慣れない体にアリスターの愛撫は刺激的すぎ、リアムの欲望は急速に高まっていく。

甘い声がひっきりなしに漏れ、止められない。

敏感な先端をグリグリと擦られ、リアムはあっけなく頂点へと達した。

「――あぁ！」

悲鳴にも似た声をあげてアリスターの手の中に射精を果たし、グッタリと弛緩する。

「はぁ…はぁ……」

忙しなく胸が上下し、呼吸が乱れている。

リアムが脱力感に身を任せていると、リアムの出したもので濡れたアリスターの指が尻の狭間を探ってきた。

「あ……」

そういえば男同士はここで繋がるんだったと思い出す。

いまだ怖くてアリスターの分身を見ていないが、受け入れ可能な大きさなのだろうかという不安があった。

(だ…大丈夫…アリスター様は、ひどいことなんてしない……)

アリスターを信頼し、硬くなりかけた体から力を抜く。

すると、入り口を撫でていた指が一本、中に潜り込んできた。

「んっ」

濡れているせいか痛みはないが、異物感は強烈なものがある。無意識のうちに力が入り、排除しようとしてしまった。

しかし追い出すことは叶わず、指は慎重に中を探り出す。

肉襞を擦られて思わず鳥肌が立つが、痛いわけでも気持ちが悪いわけでもない。得体の知れない感覚に襲われ、背筋がゾクゾクとした。

なんともいえない疼《うず》きが生まれ、指を二本に増やされてどうしていいか分からない。

「ア、アリスター様……」

震える声で名前を呼ぶと軽く唇が合わされるが、指が引き抜かれることはない。

「痛いか？」

「いえ……」

「気持ち悪い？」

「ちょ、ちょっと……」

「我慢できなかったら言ってくれ」

「………」

無理だと言ったら、やめてくれるのだろうかと首を傾げる。

アリスターは苦笑しつつ、無言の問いかけに答えてくれた。

「リアムが本当に嫌だったら、やめるつもりはある。……だが、大丈夫そうだな。まだ余裕がありそうだ」

　そう言うと小さく笑って、指を三本に増やしてくる。

「やっ……」

「大丈夫。リアムのここは、柔軟に指を受け入れている。こんなところも素直だな」

　反論する余裕はリアムにはなく、二本と三本では異物感も圧迫感も格段の差がある。

　少し馴染んだと見るや中を掻き回され、リアムは悲鳴か嬌声《きょうせい》か分からない声をあげさせられることになった。

「はっ…あ、んっ……やぁ……」

　苦しいはずなのに、声に甘ったるさが含まれている。アリスターの指がもたらす疼きは再び体を熱くし、分身をいじられるのとは違う快感が生まれ始めていた。

　ときおり、ビリリと甘い痺れが走る場所がある。肉襞を何度も擦られることでその甘い痺れの箇所は広がっていき、いつしか三本の指の圧迫感は消えていた。

　そして指が引き抜かれ、足を抱え上げられる。

　とろけた秘孔に指とは違うものが押し当てられて、それがアリスターのものだと分かった。

「あ……」

「怖がらなくていい。大丈夫だ」

「はい……」

そう、リアムに入ってこようとしているのはアリスターの分身だ。ひどいことはしないと自分に言い聞かせ、リアムは一生懸命体から力を抜こうとする。

「くぅ、んっ」

指とは比べものにならない質量と熱さ。恐ろしいまでに大きなものが、ジリジリとリアムの中に入り込んでくる。

裂ける、壊れるという強い恐怖がリアムを襲ったが、アリスターが大丈夫だと何度も囁いてくれたおかげでパニックにならずにすんだ。

ゆっくりと慎重にアリスターのものは前へと進み続け、なんとか最後まで受け入れるのに成功する。

「ふ…ぁ……」

やはり、アリスターのものを見なくてよかったと思う。

自分の中を穿《うが》つアリスターの大きさは信じられないほどで、見ていたら無理だと泣いていたかもしれない。

「痛くはないな？」

「は…い……」

小さく返事をするとアリスターの腰が動き始め、リアムはまた悲鳴をあげることになる。

「やっ！　あ…やぁ……」

激しい動きではないが、とんでもない大きさのものがズルズルと引き抜かれ、また押し入ってくるという動きはつらいものがある。

なんとか収めるだけでも大変だったのに、今度こそ壊れるんじゃないかと不安になった。

「リアムのここは、素直だと言っただろう。大丈夫だ。ちゃんとついてきている」

「そ、そんなの……ひあっ」

長大なものが奥を突き、敏感になっている肉襞を擦る。苦しさの中に甘い痺れが走ると、リアムは混乱した。

苦しいのか、気持ちいいのか分からない。けれど体は不快な異物感よりそちらの感覚を追うのを選び、射精で萎《な》えていたリアムの陰茎《いんけい》が少しずつ力を取り戻しつつあった。

「やはり、素直だ」

アリスターが笑ってグンと突き上げると、リアムは甘い悲鳴をあげる。

「やあっ…んっ、んっ……ふ……」

最初は緩やかだった動きは、リアムの状態を見ながら徐々に速いものになっていく。

リアムの気を紛らわすためか、アリスターの手が体のあちこちを愛撫し、震えるリアムのものを刺激した。

「あぁ…ん……」

敏感な先端をグリグリとされ、上下へと扱かれる。強い快感は、体内を穿つ灼熱《しゃくねつ》の塊への

恐怖を忘れさせてくれた。

いつしか異物感は消え、前への愛撫と肉襞を擦られる感覚が相まって快感へと変わっていく。

アリスターにしがみつきながら、無意識のうちに腰が同調している。

「はぁ……ん……ふぁ……あんっ……」

——痛くて苦しいけど、すごく気持ちいいよ。

男同士の大変さを教えてくれたお兄さんの、悪戯っぽい声が頭に蘇《よみがえ》る。

(確かに、痛くて苦しいけど、すごく気持ちいい……)

自慰とは比べようもない、強烈な快感だ。アリスターのもたらす熱が体の中を駆け巡り、熱くて熱くてたまらない。

アリスターにいじられている陰茎は、あと少しで弾けそうだった。

「も、もう……もう、達《い》き……たい……」

この混乱から抜け出したくてそう訴えると、アリスターの腰の動きがさらに速くなった。

「あっ、あっ……くぅ、ん……」

深々と抉られ、大きく突き上げられたとき、その衝撃でリアムの腰がビクンと震える。

頭の中に、閃光《せんこう》が走る。

アリスターの手で達かされたときよりも絶頂は高く、深く、リアムを翻弄した。

そしてそれと同時に体内のアリスターのものも爆発し、熱い飛沫《ひまつ》をリアムの中に叩きつけた。

「ふぅ……っ……」

　アリスターにしがみついていた腕は力を失ってパタリとベッドに落ち、苦しい呼吸で胸が激しく上下する。

　全力疾走のまま、何キロも走った気分だ。セックスがこんなにも体力を使うものだとは知らなかった。

「く、苦し……疲……れた……眠い……」

　疲れきっていて、もう目を開けるのも億劫《おっくう》である。

　グッタリとしたまま文句だか訴えだか分からないことを言うと、アリスターが笑った気配がする。

「眠るといい」

「は……い……」

　大きなものがズルズルと引きずり出されていく感覚にゾクリとするが、それに反応するだけの体力は残っていない。

　グッタリとしたまま忙しない呼吸を落ち着かせようとしていると、汗と精液とでベタついた体が、アリスターのもたらす不思議な水で浄められていく。

　人肌より少しあたたかなそれがやわやわと肌を伝うその感触は心地好く、リアムはあっという間に眠りへと入っていった。

★
★
★

目が覚めたときにアリスターの顔がすぐ間近にあるのはいつものことだが、このときは二人ともに全裸だった。

しかもアリスターにしっかりと抱きしめられているため、肌と肌が触れ合い、足が絡まっている。

「………」

何があったか思い出したリアムは、カーッと顔を赤くしてオタオタしてしまった。

動揺が動きに出たのか、アリスターが目を覚ます。

金色の輝きに魅入《みい》られながら、リアムは動揺したまま挨拶をする。

「お、お、おはようございます……」

「……まだ夜のようだが」

「え？　あっ、本当だ……。ぐっすり眠った感覚があったから、もうてっきり朝なのかと思ってました」

「確かに、お互いぐっすり眠ったな。体は大丈夫か？」

「んー……」

リアムは毛布で体を隠しながら、慎重に起き上がってみる。そして肩を回したり、上体を捻ったりした。

「どこも痛くないです。不思議……」

男性同士のセックスがどれほど大変かは聞いていたので、起き上がれないかもしれないという覚悟をしていた。

けれど今、リアムの体はなんともない。最中はアリスターの大きなもので刺し貫かれ、裂ける、壊れると恐怖を感じたのに、どこも痛くなかった。

どうして痛くないんだろうと考えて、やはり相手が竜王だからだろうかと思う。

「アリスター様…オレが大丈夫なよう、何かしてくれました？」

「一応は。人間の体はやわらかくて脆いから、傷つけないように少し力を使った」

「そう…なんだ。おかげさまで、どこも痛くないです。ありがとうございます」

「それはよかった。腹は空いてないか？」

「すっごく！　お腹空きすぎて、グーグー鳴りそうです」

「何か用意させよう」

ベッドから抜け出たアリスターは、全裸でも気にしたりしない。リアムのほうが恥ずかしさにいたたまれなくて、目を逸らしてしまった。

アリスターはクローゼットからガウンを取り出して羽織り、ベッドサイドにある呼び鈴の紐《ひも》を引っ張ってから寝室を出ていく。

扉の外で、すぐに駆けつけてきたらしい誰かに食事を持ってくるよう伝えているのが漏れ聞こえてくる。ちゃんと、大至急と付け加えてくれるのがさすがだ。

「お腹空いた……」

とりあえず服を着ようかなとベッドから下りようとしたところで、アリスターが戻ってくる。

今更だと分かってはいるが、やっぱり裸を見られるのは恥ずかしいと、リアムは慌てて毛布の中に戻った。

「うー…アリスター様、オレの服、取ってください」

「着る必要、ないだろう」

「ご飯食べるのに、服、着ないと」

「必要ない」

「いやいや、必要ありますよね」

「ない」

「えー……」

裸で食事をするのは、落ち着かないどころではない。たとえ人払いしてアリスターしかいないとしても、料理の味が分からなくなりそうである。

かといって、毛布に包まったまま食事というのもどうかと思う。

「オレ、服を着てご飯を食べたいです」

「ベッドで食べられるよう注文したから、大丈夫だ」

「えっ、ベッドで？　そんなことしたら、怒られますよ」

「誰に怒られるんだ？」

「………」

竜王を怒る存在などいないことを思い出し、リアムは無言になる。

山の中で一夜を過ごすのも珍しくない旅一座にとって、虫がたかるかもしれない危険のある寝場所での飲食は禁止が当たり前だったが、アリスターはそうではないのだ。

ベッドでダラダラしながら食事を摂るのはちょっと憧《あこが》れていたので、まぁいいかと受け入れることにした。

ほどなくして食事が運ばれてきて、アリスターが居間で受け取る。

車輪のついたベッド用のテーブルを、リアムは初めて見ることになった。

「こんなのあるんですね。便利～」

「特注品だ。頭痛がひどいときは、ベッドから出られないこともあったからな」

「そんなに？」

わざわざこんなものを作るくらいだから、わりと頻繁に使用されていたのかもしれない。

「アリスター様…かわいそう……」

リアムの隣に戻ってきたアリスターの頭を撫でると、アリスターは優しい笑みを浮かべた。

「リアムがいるから、もう大丈夫だ。あんなにも苦しめられた頭痛なのに、リアムと一緒にいるようになってからは一度もない。毎朝、起きるのが憂鬱《ゆううつ》だったが、今は気持ちよく起きられる」

「よかったです」

「本当にな。食事も、旨いと感じられるようになったし。以前は、栄養を摂取するための義務だと思っていたくらいだ」

「ええ？　お城の料理、すっごく美味しいのに」

「リアムが来てから気づいたよ。――さぁ、あたたかいうちに食べよう」

「はいっ」

ベッドでの初めての食事は、具だくさんのスープと数種類の前菜。それに山盛りのサンドイッチだ。中身は贅沢に、牛肉の塊を焼いたローストビーフである。

城に来て初めて食べたローストビーフはリアムの大好物となり、これまでに何度か供されている。

フォークとスプーンだけで食べられるよう作られた夕食はそのクオリティを落とすことなく、相変わらずの美味しさだった。

「ベッドでこんな豪華なご飯が食べられるなんて、さすが竜王様だなぁ。あー、美味しい」

それに一つずつ運ばれてくるのではないため、気が向くままあれこれ摘まめるのも嬉しい。

「う～ん、贅沢。アリスター様、オレンジジュースのお代わりください」

「ああ。たくさん食べて、体力をつけろ。初めてとはいえ、一回で力尽きるのは問題だ」

「…………」

そんな理由で体力をつけたくないという気持ちと、アリスターにしっかりと応えたいという気持ちがせめぎ合う。

どちらが強いかといえば応えたいほうだったので、リアムは顔を赤らめつつも無言でせっせと食べた。

薬を盛られたローランドは翌朝には回復し、すぐに世話係に復帰した。

足の怪我のほうは治るのにもう少しかかるようだが、動くのに支障はないらしい。竜族は本当にすごい回復力なんだなと、感心した。

気心が知れている相手なのでアリスターも寛《くつろ》いだ雰囲気になれるし、リアムとしても他の竜族よりずっと気楽なのでありがたい。

「スタンリーとマーカスは以前から薬を盛られていたので、回復に時間がかかるようです。特に夫のスタンリーは薬を抜くのが大変かもしれません。マーカスのほうはときおり正気に戻ってポツポツと状況を教えてくれているとのことですが、スタンリーはぼんやりと宙を見つめている状態だとか」

「まったく、とんでもない女だ。竜族を操る薬を作り出すとはな」

「我々に効く薬草はありませんから、あの女は何種類もの植物を組み合わせて作り上げたのでしょう。恐るべき人間です」

「あの女なら、私たちを殺す毒薬も作れたかもしれないな。操る薬よりも簡単そうだ」

無敵の竜族にとって、初めての外敵かもしれない。

繁殖力の低さとメスの消滅が竜族の唯一の危機だったが、カサンドラが竜族を操れる――やり方しだいでは全滅に追いやれると証明したのである。

カサンドラの欲が竜族の絶滅に向かわなかったのは、不幸中の幸いだった。

「そうですね。ご命令どおり、スタンリーの屋敷を捜索し、集められていた薬草や薬、書物はもちろんのこと、書きつけに至るまですべて燃やしました」

「ああ、それはいい。万が一を考えると、屋敷ごと燃やしたいところだが……」

「そういたしますか？」

「……そうだな、そのほうがいい。あの女は賢い。屋敷に隠し部屋があったら、のちに危険をもたらすかもしれない」

「では、屋敷ごと燃やすよう、指示いたします」

「ああ。すべて、灰にしてしまえ」

「仰せのとおりに」

ローランドは一礼すると、居間を出ていく。

物騒な話に息を殺して緊張していたリアムは、ふうっと小さく吐息を漏らした。

「屋敷を燃やすって、本気ですか？」

「もちろんだ。あの女を侮《あなど》るのは危険だからな。狙いが私だったから被害はなかったが、あのまま竜族を操れるのに気づかないでいたらどうなったことか……。リアムを花嫁に決めたことで、焦ってくれてよかった。でなければ、竜族は滅んでいたかもしれない」

「そんな才能があるなら、人間や竜族を助ける薬を作ってくれればいいのに」

「才能の大きさと人格は比例しないからな」

「本当に……残念です」

医者は大きな町にしかいないし、できることは限られている。薬もとても高価なわりに、必ずしも効くと決まっているわけではないのだ。

カサンドラなら役に立つ薬を作れそうなのに、せっかくの才能を自分の私利私欲にしか使おうとしないのではどうしようもない。

「あの女のことなど、考えなくていい。リアムには理解できない女だ」

「確かに……アリスター様が好きなのは分かるけど、手に入れるために竜族の夫やその友人を薬漬けにするとか……」

「あの女は、私が好きなわけではない。竜王の花嫁になりたいだけだ」

「同じですよね？」

「まったく違う。リアムは、私が竜王ではなく、普通の竜族ならどう思う？」

「そっちのほうが、気楽で嬉しいかも……」

「つまり、竜王という地位や能力ではなく、私自身が好きということだな？」

「はい」

「あの女は、私が竜王でなければ、見向きもしないだろう。竜王の花嫁の特典……竜王と同じだけの寿命や若さ、竜族の頂点に立つのが目的なんだ」

「まぁ、確かに、特典はすごいけど……」

それって、そんなに欲しいものだろうかと、リアムは首を傾げる。

竜王はおろか、竜族の目にも留まらないだろうな…と思って花嫁の庭に来たリアムにはピンとこなかった。

竜王の花嫁が究極の玉の輿なのは分かるが、選ばれて嬉しいとは思えず、華やかすぎて嫌だ、無理という気持ちだった。

アリスターを好きだと自覚し、抱かれる悦《よろこ》びを知った今でも、アリスターが普通の竜族のほうが楽なのに…と思っている。

物見遊山《ものみゆさん》の気持ちで花嫁の庭に来て、竜王の花嫁になろうとしているのが不思議でならなかった。

大勢の人の前に立たなくてはいけない婚儀は嫌でたまらないが、竜王の花嫁になることによって、アリスターと運命をともにできるのは嬉しい。

アリスターと出会ったことによってガラリと運命が変わったのを感じながら、リアムはピタッとアリスターにくっついた。

「どうした?」

「こうして一緒にいるの、不思議だな…って思って」

「そうか？　私は、ようやくあるべき姿になれたと思っているが。リアムといると、落ち着く」

「オレは、今一つ落ち着かないです。アリスター様の居間は広すぎるし、ベッドは大きすぎるし……何より、ちゃんとした服、着たいなぁ」

ローランドに話を聞くからということで一応着せられたのは、若草色のガウンだ。シルク生地でとても気持ちがいいが、腰の紐で留めているだけのそれははだけそうで落ち着かない。

「すぐに慣れる。部屋は狭いより、広いほうがいいだろう。それにベッドも、あれだけ大きいと、多少汚しても反対側で寝られるぞ」

「……………」

それはどうなんだろうと思ったが、行為の気配が濃厚に残る寝室に、シーツや毛布の交換のために使用人に入られるのは困る。アリスターは頓着《とんちゃく》しないかもしれないが、リアムは羞恥でいたたまれなくなりそうだった。

そう考えると、確かに巨大なベッドはありがたい気がする。

「……花嫁の間に移るっていう手もありますね」

「そういえばそうだな。あそこで寝たことがないから、思いつかなかった。同じ仕様だと聞いているが、本当かどうか確かめてみよう」

「ん？」

それはどういう意味か聞く前に、立ち上がったアリスターにヒョイと抱え上げられてしまう。

「え？　え？」

アリスターはそのまま花嫁の間に向かい、リアムをベッドに下ろした。

「やっぱり、大きい……」

リアムもずっとアリスターと一緒にいるから、花嫁の間に入ることはほとんどない。当然、このベッドに寝たこともなかった。

「大きさは同じだな。マットの具合も同じか試すぞ」

ニヤリと笑うアリスターは、ちょっと悪っぽくて格好いい。

大人の魅力だな～なんて見とれていると、ガウンの裾《すそ》を捲《めく》られて太腿を撫でられた。

「ええ？」

首筋に吸いつかれて鼻を抜ける甘ったるい声が漏れ、胸をいじられてゾクリと腰を震わせる。

「ま、待って…アリスター様……する、んですか？」

「ああ」

「でも…まだ昼前なのに……」

「時間は関係ないと言っただろう。私たちは想いを確かめ合ったばかりで、一番盛り上がる時期だ。つまり、毎日するのはもちろんのこと、時間が許すかぎり睦み合うのが普通だぞ」

「そう…なんですか？　本当に？」

「ああ。恋人になりたて、結婚したての二人は、常にくっついていないか？」

「そう言われると、そうかも……」

いつも手を繋いでいたり、人前でもいちゃついたりしている。練習中や出番前のわずかな時間ですら、隙を見てキスをしていた。

「そっか、普通なんだ……」

リアムが納得すると、アリスターは満足そうに頷きながら唇を合わせてくる。

「ふぅ…ん……」

アリスターのキスは、とても気持ちがいい。やわらかく啄《ついば》むようなキスも、甘くとろけるような深いキスも、どちらも好きだった。

舌を絡め、吸われると、ゾクゾクする。

口腔内を舐め回されるのが快感に繋がるなんて知らなかったが、今はそれを受け入れ、積極的に応えていた。

キスとわずかばかりの愛撫で、リアムの分身は形を変え始めている。

アリスターの手に直接握られると、ドクンと脈打った。

「あっ、ん……」

「気持ちいいか？」

「は…い……」

「それなら、もっと気持ちよくしてやろう」

そう言うやアリスターは手を離し、代わりに唇で咥《くわ》え込む。

「ひあっ！　や…やぁ……ふぁ、んんっ」

それは、あまりにも強烈すぎる快感。もっとも敏感な陰茎を熱い口腔内に包まれ、舌で舐められたり強く吸われたりされ、腰が溶けそうに熱くなった。

「い…やぁ……ダ…メ、いっちゃう……あぁ、ん……」

一気に快感が高まり、絶頂まで持っていかれようとしている。急激すぎるそれに、リアムの意識はついていけない。

泣きそうになりながら切羽詰まった嬌声を漏らしていると、あと少しというところでアリスターの唇が離れてしまった。

「……あ？　やぁ、どう…して……？」

「リアムは体力がないからな。達ってしまうと疲れるぞ」

「で、でも……こんなの、ひどい……」

直前で止められた欲望が、リアムの中で出口を求めて激しくのたうちまわっている。腰が疼いてたまらず、吐き出したいと震えていた。

「どうせなら、一緒に達こう。私のもので中を擦られるのは、気持ち良かっただろう？」

「……………」

否定できないが、肯定もしづらい。リアムは思わず視線をアリスターの下肢へと向け、はだけたガウンから見えているものに「ひっ」と小さく悲鳴をあげる。

これまで、頑《かたく》なに見ないようにしてきたアリスターの分身は、リアムが頭の中に思い描いていたものより大きく長い。

父や一座の大人たちの一物より、一回り以上立派だった。

「うそ……」

こんなものが自分の中に入ってきて、さんざんに掻き回したのかと思うと、リアムは恐怖に襲われる。

行為の前に見ていたら、絶対に無理だと泣いて懇願《こんがん》した気がする。今でさえ、本当にこれが入ったのだろうかと慄《おのの》いてしまった。

目を瞠ったまま硬直するリアムに、アリスターが苦笑しながら秘孔に指を這わせてくる。

「うっ……」

体が硬くなっているせいか、なかなかやわらかくならない。

「そんなに緊張するな。昨日はちゃんと入ったし、どこも痛くないだろう？　大丈夫だ」

そう言ってリアムの手を取り、立ち上がりかけている自身へと導く。

「あ……」

手に触れる熱と質量にビクリとしてしまうが、アリスターはジッとしていてくれる。

恐る恐る握りしめてその感触を確かめていると、ドクンと脈打って大きさを増した。

「……」

まるで、ここだけ別の生き物のようだ。鎌首《かまくび》をもたげるヘビのようで怖いが、アリスターのものだと思えば少し気持ちが落ち着いてくる。

凶器のような大きさと形状でも、リアムを欲望のまま引き裂いたりしない。分かっているのに目にすると怖かったが、こうして触ってみれば不安も消えていった。

（大丈夫……うん、大丈夫……）

アリスターはリアムの蕾《つぼみ》がやわらかくなるまで根気よく待ってくれるし、入れたあともリアムの状態を見ながら事を進めてくれる。

今現在、高まった欲望を堰《せ》き止められているリアムには、それがなかなか大変なのは理解できた。

手を動かしてみるとアリスターの分身は反応し、リアムの手に感じてくれているのだと分かる。

ちょっと面白くなってムニムニと揉み、アリスターがするように上下に擦ったり先端を指の腹でいじってみたりした。

「……くっ。あまり刺激するな。リアムのここは、もう少し時間がかかる」

アリスターのものに気を取られている隙に、秘孔の中に入り込んでいた指が動き回っている。

意識が逸れてやわらかくなったのか、二本に増やされてもさほど異物感はなかった。

（こんな大きなものが入ったんだから、指の二本や三本、どうってことない気がする……）

妙なところで前向きな気分になり、また、スックと立ち上がった屹立《きつりつ》への興味も湧いてきた。

アリスターにはあまり刺激するなと言われたが、体内を探られる違和感を紛らわすには有効な手だ。

自分ばかり翻弄されるのも悔しいと、リアムはせっせと手を動かし始めた。

★　★　★

二人で部屋に閉じ籠もって三日目。

中に入れるのはローランドだけで、それも食事の運搬とシーツの取り換えくらいのものである。

リアムはほとんど裸かガウン姿で過ごし、アリスターと甘く爛《ただ》れた時間を過ごしていた。

しかしそれもローランドからの報告で、ようやくマーカスが正気に戻ったと知らされて終わりを迎える。

やはりスタンリーのほうはまだ時間がかかりそうとのことだった。

「……では、話を聞きに行くとするか」

久しぶりにきちんと服を着て靴を履《は》き、階段を下りる。そして城の外へ出て、マーカスが捕らわれたままの炎の檻へと向かった。

竜族は頑健だから、三日くらい外にいさせられても問題ないらしい。

しかし薬の抜けたマーカスはひどく窶《やつ》れ、自分のしでかしたことに悄然《しょうぜん》としていた。

アリスターとリアムを見るなり、その場に身を伏せて謝罪をする。

「も、申し訳ございません！　薬で操られていたとはいえ、とんでもないことを‼」

「記憶があるのか？」

「曖昧《あいまい》ではありますが、一応……。夢の中の出来事のように霞《かすみ》がかかっています」

「では、憶えているかぎりをすべて、説明しろ。あの女からの指令を、何一つ漏らすことなくだ」

「はい……」

今回の事件を引き起こすにあたって指示が出されたとき、マーカスとスタンリーは一緒にいたとのことで、マーカスはスタンリーへの指令についても憶えているかぎりを話した。

やはりリアムを狙った毒はカサンドラが入れさせたもので、それが失敗したから今回の事件を企《くわだ》てたらしい。

スタンリーの正気をなくして大暴れさせ、アリスターがリアムから離れた隙にマーカスがリアムを殺害する計画だ。

マーカスが竜王の花嫁を殺すことに強い拒絶感を覚えなければ、ローランドがマーカスを引き留めてくれなければ、カサンドラの企てどおりリアムは殺されていた。

アリスターは改めて全身から怒気を噴き出しつつ、マーカスからあれこれ聞き出す。それから苦々しい表情のまま炎の檻を消し、マーカスを解放した。

友人の妻に薬を盛られるというのは想定外なので、今回の事件について罪はないという判断であるが……。

見張りをしていた竜族に支えられてマーカスが城のほうに戻っていくと、今度はスタンリーの番になる。

竜の姿になったアリスターの背にリアムが乗り、町の広場に作った水の檻に入れられている
スタンリーに会いに行く。

「ふわぁ……」

竜の背中に乗って空を飛ぶのは楽しい。こんなときだというのに、リアムはつい浮き浮きし
ながら眼下の町を見回していた。

「わー…本当に水の檻だ。でも、水なのに透明じゃないんですね」

「竜族を晒《さら》し者にするわけにはいかないからな。空からしか様子が見られないようにした」

四方を取り囲む壁は白く泡立っているが、天井部分は透明だ。

アリスターは水の檻を大きく広げて中に降り立つと、リアムを下ろしてから人型になった。

竜王が来たというのに、スタンリーは床に寝転がったまま動かない。ポカリと開いた目は宙
を眺め、ぼんやりとしていた。

「スタンリーは、薬の実験台でもあっただろうから、かなり体が弱っているようだ。自力での
回復は難しいか……仕方ない」

アリスターは小さく溜め息を漏らすと、スタンリーの額に手を当てて目を瞑る。

「う……あ…あぁぁ……」

スタンリーから呻き声が漏れたかと思うと、人型を解いて竜の姿になる。

苦しいのか激しくのたうち回るがアリスターの手から逃れることはできず、全身から炎が噴き出して水の檻にぶつかり、猛烈な水蒸気が生まれた。

リアムはアリスターの水の膜に包まれていたおかげで無事ですんだが、中は大変なことになっている。

「ぐ、うっ……ア…アリスター様……」

「正気に戻ったか。危ないところだったな。もう少しで体も精神も完全に蝕《むしば》まれていたぞ」

「いったい、何が……あれは……夢……？　私は、何を……」

「町で暴れたことは、憶えているか？　私に襲いかかってきたぞ」

「夢…ではないのですか？　あれは、現実？　長い…とても長い悪夢を見ていた気がします」

「あいにくと現実だ。お前は妻に薬を盛られていた。竜族を操る薬だ。そのことは憶えているか？」

「あ——あぁ、なんということだ……。ええ、そうです…カサンドラに、薬を呑まされました。何度も、何度も……。最初は私に隠れて…薬の完成度が高くなってからは、堂々と。私は…抵抗できませんでした。抵抗しようとも、思わなかった……。町で暴れろと言われ、アリスター様を引き留めるためなら傷をつけてもいいと……」

そしてそのとおりに動いた自分を思い出したのか、頭を抱えて苦悩する。

スタンリーとマーカスの話は一致し、やはりカサンドラが黒幕であり、アリスターを得るためにいろいろと画策していたのが明らかになった。

竜族を操る薬の中になかなか手に入らない希少な薬草があり、量産できないのが幸いした。アリスターがリアムを花嫁に選ばなければ、誰にも気づかれないうちに竜族たちをすべて自分の下僕とし、最終的にはアリスターにも効く薬を作り上げる計画だったらしい。

作れなければ、竜族たちを人質にして自分を花嫁とさせることも考えていたようだ。

「あ、あの…それなら、竜族の女王にもなれましたよね。どうしてアリスター様を殺そうとしなかったんですか？」

「薬を使って我々の頂点に立てたとしても、ただの人間であるのは変わらないからです。短い寿命と、老化はどうにもならない。しかし竜王の花嫁となれば、竜王と同じだけの寿命、変わらぬ若さを得られますから」

「なるほど……」

「私はカサンドラが初めて花嫁の庭に召集されたときからの、送迎係でした。カサンドラは才気と活力に満ちた美しい女性で、自分は絶対にアリスター様の花嫁になれると信じていました。最後の招集でも選ばれなかったときは、ひどく荒れたものです。私の妻になり、諦めたように見えたのですが、諦めていなかったのですね……。申し訳ございません、アリスター様。私が、カサンドラに薬を作るための場を提供してしまいました」

「人間に、そんな薬が作れるとは誰も考えもしなかった。スタンリーに罪はないから、あまり気に病むな。それよりも、薬を抜いたとはいえ、かなり体が弱っている。お前の屋敷は焼き払ってしまったことだし、当分城で養生するといい」

「ありがとうございます。誠に、申し開きのできぬことをしてしまいました」

アリスターは再び竜の姿になると、今度はカサンドラを閉じ込めているという軟禁用の地下牢がある別棟に向かう。

カサンドラはアリスターの顔を見ると嬉しそうに近づいてくるが、リアムと一緒だと気がついて顔を険しくした。

「リアムが生きていて、驚いたか？」

「なんのことでございましょう？」

「スタンリーとマーカスが、すべて吐いた。スタンリーが正気を失って暴れている間に、マーカスがリアムを殺す計画だったそうだな。そして私が暴れるスタンリーを殺し、伴侶を亡くした者同士、傷心を慰め合う予定だったとか。……バカバカしい。そんな都合良く事が運ぶものか。何があろうと、私がお前を抱くなどありえない。薬臭い、気持ちの悪い人間としか思えないからな」

「何をおっしゃるの！　私は、竜王様にふさわしい女です。私の髪を見て。竜王様と同じ黒よ。顔だって体だって美しいでしょう？」

「黒い髪の人間は大勢いる。それにお前より美しい人間もな。お前も花嫁候補だったというからには三度は視界に入れているはずだが、まったく印象にない。その程度の人間ということだ」

「き――っ‼　違う、違うっ。私は特別なの！　私は美しいし、薬学の天才よ。お父さんもお母さんも、私は特別な子、絶対に花嫁に選ばれるって言ったんだから。花嫁は私よ！　そんなやつじゃないっ」

再び超音波のような声を発してリアムに飛びかかろうとしたが、アリスターが前に出てカサンドラの顔を切り裂く。

「ひぃぃぃ。痛い、痛い！　私の顔‼」

「顔が自慢のようだからな。お前は私の大切なものを奪おうとした。だから私も、お前の大切なものを奪ってやろう。顔と、薬学の才能だったな」

アリスターは凄みのある顔で笑いながらカサンドラの顔を両手で包み込むと、触れたところが火ぶくれになる。

見る見るうちにカサンドラの顔が焼け爛れ、ひどい状態になっていった。

「熱い～痛い～あぁあああぁぁ」

悲鳴をあげるカサンドラを許さず、アリスターの伸びた爪がグッとカサンドラの額に埋まる。

「きゃあぁぁ。頭が…いやっ。何か、入ってくる。いやぁぁあぁあ」

何が起こっているのかリアムには分からないが、アリスターの爪がカサンドラの頭に深く埋まっているにもかかわらず、カサンドラは悲鳴をあげ続けている。

やがてアリスターが爪を引き抜き、すべてが終わるとカサンドラが床に沈み込んだ。

「お前はその顔で、ただの人間として生きていくがいい」

悲痛な呻き声をあげるカサンドラを置いて牢を出ると、その明るさに目が眩む。眩しいと思うと同時に、陰鬱な場所から出られたことにリアムはホッとした。

「戻るぞ」

「はい……」

地下牢から、竜王の間は遠い。

カサンドラの悲鳴が耳に焼きついている気がして、リアムはどうにも気分が落ち込んでしまった。

「あの女の脳から、知性にかかわる部分を焼いた。これまでの記憶と、高慢な自我を抱いたまま、焼けた顔と知性を奪われて生きることになる」

これまでにない硬い声で言うアリスターに、リアムはなんと言っていいか分からず眉根を寄せる。

「豊満で魅力的な肉体も、竜族の夫に捨てられることであっという間に老いていくはずだ。ただ殺すより、生かすほうがきつい罰になることもある。……怖かったか?」

「ちょ…ちょっと……」

アリスターの能力の片鱗を見て、いざというときには残酷になれるのも知った。カサンドラを罰するアリスターは巨大な権力と能力を持つ竜王で、リアムの知るアリスターとは違っていたのである。

「罪を犯せば、罰を与えなければならない。ああいったことをするのは私としても気分がいいものではないが、必要なことだからな。それに、私にとってはリアムを殺そうと画策しただけでも大罪だ」

あの瞬間を思い出したのかアリスターの眉間に皺が寄り、リアムを抱きしめてくる。

「もう少しで成功したと思うと、今でもゾッとする」

「アリスター様が来てくれたから、大丈夫。きっと助けてくれるって思ってました」

「ああ、そうだな。間に合って本当によかった。リアムが死ぬなど、考えたくもない。そのためにも、早く婚儀を迎えたいものだ」

「あと…ええっと、四日後…ですか？」

「そうだ。四日後には、リアムは名実ともに私の花嫁となる。誓約の儀式をすれば、リアムも私と同じように毒の効かない体になるぞ」

「誓約の儀式って、何をするんですか？」

「満月の光を集めた私のウロコを、一かけら飲むだけだ。それで私と同じ寿命を持つことができる」

「同じって…まったく同じ？」

「ああ。私とリアムの魂が繋がる。私が死ねばリアムも死ぬし、私が生きているかぎりリアムが死ぬことはない」

竜王はたいてい老いる前に、次代に竜王を譲る。それゆえ、代々の竜王がどのように亡くなったか、花嫁はどうなったのかを知る人間は少なかった。

アリスターの語る不思議な繋がりに、リアムは首を傾げて聞いてみる。

「剣で刺されたり、火で焼かれたりしても死なないんですか？」

「ああ。私なら、元に戻すことができる。だが痛いのは変わらないから、そういう目には遭わないほうがいいな」

「痛いんだ……。じゃあ、試すのはやめておきます。痛いのやだ。アリスター様のウロコみたいに、剣や火なんかを跳ね返せるのかな～って思ったんですけど……」

「残念ながら違う。やわらかく脆い体のままだから、気をつけてくれ」

「はい」

死なないと分かっていても、痛い思いはしたくない。危険な目に遭わないよう気をつけようと思った。

「この誓約の一番素晴らしい点は、どちらか一方が残されずにすむところだ」

「それは、嬉しいかも……」

アリスターを一人で残すのも、アリスターに置いていかれるのもつらい。命が尽きるときは一緒だと知って、リアムは心の底から安堵した。

「私は初めて、竜王に生まれてよかったと思った。普通の竜族では、どうしても人間の伴侶のほうが老いて先に死ぬことになるからな」

「うん…よかった」

リアムもまた、アリスターが竜王であることに感謝する。自分だけどんどん年老いていくのはつらいだろうし、アリスターが新たな伴侶をもらうのも嫌だ。

自分亡きあと、また頭痛に苦しむかもしれないと思うと、かわいそうで仕方ない。

アリスターが竜王だからこそそんな心配をする必要もなく、ずっと一緒にいられるのである。

だが特権には、義務もある。竜族の長であるアリスターは、次なる悪事の発生をなくすためにもこういう厳しい罰を与えなければいけないのだと理解した。

とても大変で、責任のある立場。自分がその花嫁となって、アリスターを支えなければならない。

いまだにリアムには自分が竜王の花嫁なんていう大役を務められると思えないが、アリスターの側に寄り添い、孤独を癒やすことならできると思った。

リアムはギュッと強くアリスターを抱きしめ返し、その美しい金色の瞳を見つめる。

どちらからともなく顔が近づき、唇が重なった。

「んぅ……ふ……」

甘く、深いキス。

リアムも口唇を開き、積極的に舌を絡めるキスを味わった。

三日前のリアムとは違う。アリスターの分身を受け入れ、男同士のセックスの気持ち良さを教えられた体だ。

それに、キスが快感へと繋がることももう知っている。

アリスターを愛していると想えば気持ちが高まり、熱いキスを交わせば、体のほうもその気になってしまう。

「アリスター様…大好き……」

リアムはそう囁いて、今のキスで形を変えた分身をアリスターの腰に擦りつける。

それは、初めてのリアムからのベッドへの誘い。どう言葉にすればいいのか分からなかったから、行動で表してみた。

「リアムッ」

アリスターは感極まったという声をあげると、人型から黒竜へと姿を変える。そしてリアムに乗れというように身を低くし、羽を下げてリアムが足をかけるのを待った。

やわらかな水がリアムの体を包み込み、アリスターの背中へと誘導する。座るやいなやアリスターは飛び立ち、城の屋上へと向かった。

さすがに竜は速い。歩けばそれなりの距離も、あっという間だった。

屋上に着くとアリスターは再び人型に戻り、リアムを腕に抱える。居間へと繋がる急な階段を駆け下りると、出迎えたローランドに寝室で休むから邪魔するなと命じる。

「かしこまりました」

これからやるぞと言っているようでリアムは恥ずかしかったが、この三日間というもの、部屋に閉じ籠もって蜜月の日々を送っていたのだから今更かもしれない。

ローランドはアリスターの世話係として食事や風呂の支度などをしてくれているため、赤裸々に二人の状況を把握されてしまっている。

乱れたベッドの後始末は誰がしてくれているのか、考えたくなかった。

二人が寝室に入ると扉が閉められ、アリスターはリアムを抱えたままベッドに倒れ込む。

「アリスター様ってば、あんなことローランドさんに言ったら、恥ずかしいですよ」

「竜王と花嫁のセックスを、ローランドは歓迎するぞ。がんばってくださいと、応援されるかもしれない」

「ううっ…竜族の人たちの羞恥心のなさってば、もう」

きわめて繁殖力が弱いだけに、子作りは大いに推奨される。本当なら一夫多妻制にして子孫繁栄に務めたいだろうに、まだ女性の竜族がいたときのままできているらしい。

竜王が昼夜関係なく子作りに励んでいると聞けば、竜族たちは喜ぶに決まっていた。

「……そういえば、まだ婚儀前じゃないですか。アリスター様のウロコを呑んで体が変わるって聞きましたけど、変わる前に子供ってできるんですか？」

「そういう例はほとんどないが、皆無というわけではないらしい。婚儀前に仔竜を身籠《みご》もった花嫁は二人。どちらもたくさんの子供を産み、伝説となっている」

「へぇー」

竜族にとっての良い花嫁とは、何人の仔竜を産んだかで決まる。

その二人はそれぞれ十人と十一人の竜を産み出し、いまだに崇《あがめ》められているらしい。

「二桁超えかぁ。普通の女の人だったら、体がボロボロになりそう。でも竜は卵生だし、気づかないうちに産まれていたりするんですよね？」

「ああ。そろそろ産まれるという頃には、朝起きるときに毛布の中をしっかりと確かめる必要がある。シーツの上に転がっていたりするからな」

「三キロまで大きく育った赤ちゃんを産む人間の出産に比べると、信じられないほど楽……」

「おかげで花嫁には、負担がかからない」

「ですねー」

卵が産まれたあとも、楽なものだ。放っておけば卵の中で成長し、自力で殻を破って出てくるから抱卵の必要もない。

「だから、安心して妊娠していいぞ」

「うーん？」

自分の意思でできるわけじゃないしとリアムは笑う。

「アリスター様に似た仔竜が生まれたら、めちゃくちゃ可愛いがります。きっと、すごく可愛いですよ」

「そのためにも、せっせと子作りに励まないとな」

クスクスと笑い合って、啄むようなキスを楽しむ。

久しぶりに着た服はすぐに剥《は》ぎ取られ、リアムもまたアリスターの服に手をかけて脱がせようとする。

慣れないことだからもたついてしまったが、アリスターはそれを楽しそうに眺めていた。

それでもなんとか上着とズボンを脱がせ、下穿《したば》きはちょっと恥ずかしい、と助けを求めるようにアリスターを見たのに、からかうような目と目が合ってしまった。

「初めてのリアムからの誘いだからな。好きなようにするといい」

「い、意地悪だ……」

リアムが恥ずかしがっているのを知っているくせに、わざとリアムにやらせようとしている。

リアムはうーっと唸りながら、アリスターの下穿きに手をかけて下ろした。

「……やっぱり、大きい……」

さすがに三日間も睦み合っていれば目にすることもあるが、こんなふうにマジマジと直視したのは初めてだ。

まだちゃんと硬くなっていないにもかかわらず、その大きさと長さにリアムはゴクリと唾を呑み込んでしまう。

今は、凶器にしか見えないこれを受け入れても、体が壊れたりしないこと、弱いところを擦られ、突かれると痺れるような快感を得られることを知っている。

だから怖いとは思わなかったが、改めてアリスターの分身から目を逸らし続けていてよかったと思った。

アリスターに抱かれる前の自分がこれを直視していたら、間違いなく逃げ出している。逃げることが叶わなくても、大泣きして、土下座をしてでも許してくださいとお願いしていただろう。

「さ、触っても…いいですか？」

「好きにしていいと言ったぞ」

「はい……」

アリスターの言葉に勇気を得て、リアムはソッとアリスターのものに触れてみる。

アリスターがいつもしてくれるように扱いてみると、手の中で大きくなっていくのが興味深い。

最初は恐る恐る――だがそのうちに面白くなって、自分の手でアリスターを達かせてみたいと思った。

いつも翻弄されてばかりだから、やり返してみたいというのもあったかもしれない。

片手ではもてあます屹立を両手に包み込み、つたないながらもせっせと愛撫をする。

敏感な先端を指でグリグリしたり、上下に強く擦ったりしてみるのだが、やはりあまりうまくないのかなかなか射精には至らない。

「むぅ……」

アリスターは口でしてくれるし、とろけそうに気持ちいいが、どう見てもアリスターのものは口に入りそうになかった。

(無理……でも、舐めるだけなら……)

リアムは顔を近づけ、先端をペロリと舐めてみた。

(ちょっと、しょっぱい？)

でも、嫌な感じはしない。アリスターも止めないから問題はないのだろうと思い、ペロペロと舐め始めた。

「くっ……可愛いリアムがそんなことをする姿は、目にくるな」

アリスターはそう言うやリアムの体をグイッと持ち上げ、自分の腹の上に乗せてしまう。

「え？　え？」

戸惑っていると首筋に強く吸いつかれ、無防備になった尻に指が入り込んできた。

「やぁっ。ず、ずる…ずるい……オレに好きにさせてくれるって言ったのに……」

もうちょっとがんばればきっと射精させられたのにと、文句を言う。

「そのつもりだったが、私のものを舐めているリアムを見たら、我慢できなくなった。リアムの手と口で達くより、リアムの中に入りたい」

「うー…ずるい……」

獣のように妖《あや》しく光る金色の瞳が、リアムが欲しいと訴えている。

たっぷりと情欲を孕《はら》んだその目で見つめられると、リアムの体がカーッと熱くなる。

おまけにこうして話している間にもアリスターの手はリアムの中を探り、弱いところを突いてくるのである。

この三日ですっかり馴らされたリアムの蕾は素直にアリスターの指を受け入れ、期待に陰茎がプルリと震える。

欲望はいとも簡単に火が点《つ》き、体内を掻き回される快感を覚えてしまったリアムの熱を煽り立てる。

指を増やされても異物感に苦しむことはなく、キュウと収縮して中に引き入れるような蠢《うごめ》きを見せた。

「やぁ……オレ…オレが、するつもりだったのに……」

こうなってはもう、リアムにはどうしようもない。けれどあっさりと主導権を渡すには未練があって、恨みがましい目でアリスターを睨んでしまった。

「次のときに、がんばろうな」

「次……？」

「ああ、次だ。私たちはずっと一緒にいるのだから、いくらでも機会はある」

「ずっと、一緒……」

「そうだ。リアムは私の花嫁だぞ。忘れたのか？」

からかうように微笑まれ、リアムはプルプルと首を横に振る。

「忘れてない……アリスター様と、ずっと一緒」

「私の寿命が尽きるまで、ゆうに百年以上ある。いくらでも次の機会はあるぞ」

それもそうかと納得するリアムの素直さを、アリスターがクスクスと笑う。

「まったく、可愛い花嫁だ。いつまでも初々《ういうい》しいままでいてほしいような、淫《みだ》らに誘われてみたいような……」

「そのうち絶対、アリスター様を翻弄してみせますからっ。オレばっかりやられてるなんて、ずるい」

「期待しよう。だが今は、まだまだだな」

サッと引き抜かれた指の代わりに、アリスターの大きなものが入り込んでくる。

「――あぁっ！」

寝室に閉じ籠もっていた甘く爛れた時間のおかげでずいぶん慣れたとはいえ、やはりもてあます長大さなのは確かだ。

指とは比べものにならないそれにリアムは苦しむが、体はちゃんと受け入れようと柔軟だった。

さほど無理なくアリスターのものを呑み込み、歓迎するように肉襞が締めつける。

「ん、あっ……」

掴まれた腰を軽く揺さぶられ、下から突き上げられて、リアムの背筋を快感が走り抜ける。

教え込まれた動きで腰を揺らめかせ、甘く痺れるような快感を追う。

繋がったところが、ひどく熱い。

引きずり出され、押し込まれ、深い部分を突かれる。

「あぁ、んぅ……あっ、あっ」

リアムの口からひっきりなしに嬌声が漏れ、突き上げられる動きが忙しなくなるにつれて逼《ひっ》迫感《ぱくかん》が高められていく。

「や、あ……あん、も、もう……」

達ってしまうと譫言《うわごと》のように訴えると、アリスターが笑って頷いた。

「私ももう、持ちそうにない。一緒に行くぞ」

グンと深く突き上げられて、その衝撃にリアムの欲望が弾ける。

「あぁ――っ！」

強く締めつけたことでほぼ同時にアリスターもまた頂点へと達し、熱い飛沫を体内の深いところに感じる。

「ふ……あ……」

ガクリと力を失った体はアリスターによって支えられ、そのまま胸へと引き寄せられた。

ハァハァと荒い呼吸を繰り返す額に、優しいキスが降る。

「可愛い、私のリアム……」

甘くとろけるような声がリアムを包み込み、うっとりとさせる。

この時間が、リアムはとても好きだ。

リアムは顔を上げてアリスターの唇に唇を合わせ、舌を絡めた。

「アリスター様、大好き……」

キスの合間にそう囁くと、リアムの中に収まったままだった肉棒がグンと力を取り戻す。

「あ……」

まだ無理というリアムの訴えは、声にする前に食いつくようなアリスターのキスに消えた。

竜王の無尽蔵の体力がどれほどのものか、リアムは身をもって知らされることになった――。

★
★
★

結局、事件があってから婚儀までの一週間、ほとんどアリスターと一緒にベッドで過ごした気がする。

リアムの神経がアリスター並みに強ければバルコニーにも出られたのだろうが、アリスターが服を着せてくれないことが多くて、寝室に閉じ籠もるしかできなかったのだ。ガウンくらいは許してくれたが、それでは外に出られない。

ローランドはアリスターの世話係ということもあって、アリスターは裸でも堂々としたものだった。

そして迎えた婚儀の日。

空は綺麗に晴れ渡り、気持ちのいい朝となった。

婚儀は夜からなので、主役の竜王とその花嫁はいつもどおりのんびりと過ごすことができた。忙しいのは、まわりのほうである。各国に散らばった竜族たちを迎え入れ、国賓《こくひん》たちも迎え入れ、祝宴の仕上げに大わらわだった。

婚儀は城の大広間で行われる。

百四人すべての竜族と、派遣された国賓の人間たち。竜王のお膝元であるこの国に人間の王はいないが、他の国ではそれぞれ国王がいる。

国王本人が参加している国も、王妃や王弟、王子が参加している国もあった。

それからリアムの両親と、一座の仲間たち。さすがに両親はいい席だが、一座のみんなは末席である。それでも竜王の婚儀に出席させてもらえることに感動していた。

二人が忙しくなるのは夕方からで、早い時間に風呂に入って体を綺麗にし、この日のために作られた揃いの衣装を身につける。

アリスターは光沢のある黒の生地に豪華な金の刺繍、リアムは白の生地に金の刺繍である。

それにアリスターは、ローランドが恭《うやうや》しく運んできた王冠をヒョイと持ち上げて頭の上に乗せ、すでに人々が集まっているという大広間に向かった。

「……………」

緊張に、リアムの足がもつれそうになる。

けれどすぐにアリスターが腰を支えてくれて、大丈夫だと微笑みを向けてくれた。

右手と右足が一緒に出てもアリスターは面白がるだけだし、躓《つまず》けば転ぶ前に助けてくれる。

怖いことはないのだと分かり、リアムから少し緊張が抜けた。

そこでアリスターはローランドに合図を送り、大広間の扉を開けさせた。

「あ……」

こちらを見る目、目、目――。

旅一座の舞台で憶えのあるたくさんの人々の注視に晒されて、リアムは硬直してしまった。

「歩けないのなら、抱いて運ぶぞ」

クスクスと笑うアリスターに楽しそうに言われ、硬直が解ける。

「じ、自分で歩きます」

震える足をなんとか動かして、人々に注目されたままバルコニーにエスコートされた。

この日の夜は、皓々《こうこう》とした満月だ。

真ん丸で明るく輝く月に向かってアリスターが腕を差し伸ばし、手だけを竜のそれへと変える。

黒竜から、不思議と背景に溶け込むウロコになり、満月の光と同化する。

月の光を集めたアリスターの手そのものが神秘的な輝きを放ったのを確認したところで、アリスターは指先の小さなウロコを剥がした。

そしてそれを、リアムの口元へと持ってくる。

「――――」

これを呑むことで、リアムは正式に竜王の花嫁となる。

リアムの覚悟はもう決まっており、ためらうことなく口を開いてコクリとそれを呑み込んだ。

「熱い……」

火の塊が喉元を通り過ぎ、胃の中で氷のように冷たくなる。

熱く、冷たくと目まぐるしく変化したかと思うと、それが全身を駆け巡っていった。

強烈な感覚に体がついていかず、クラリと目眩《めまい》がする。しかし注意深くリアムの様子を見守っていたアリスターが、しっかりと支えてくれた。

リアムにとってとても長く感じられた変化の時間は、実際には一分もない。そのほんのわずかな時間で、アリスターのウロコはリアムの体を造り変えていった。

見た目には変わらないようでも、実際は違う。リアムは自分の体が軽くなったように感じたし、五感も鋭くなっているような気がした。

「……気分が悪くなったりしていないか？」

「大丈夫です。目眩もなくなったし、前よりいい感じかも……」

「それはよかった。無事に馴染んだようだな」

「はい」

婚儀の中でもっとも重要な儀式を終え、バルコニーから大広間へと戻る。玉座が据えてある壇上へと向かうと、そこには花嫁のための宝冠が用意されており、アリスターによってリアムの頭へと乗せられた。

大きなルビーやダイヤモンドで飾られたそれはとても重く、リアムに花嫁の重責を感じさせる。

「リアムを、私、アリスターの花嫁とする」

「謹《つつし》んで、お受けいたします」

そして誓いの口付けを交わすと、固唾《かたず》を呑んで見守っていた人々からワッと歓声があがった。

「おめでとうございます、アリスター様」

「竜王様、おめでとうございます」

「花嫁に祝福を――」

「おめでとうございます！」

アリスターがリアムの手を取って玉座に座り、リアムもその隣の花嫁の席に腰かける。

「みなも、座るがよい」

それを合図に、立っていた人々も席に着いた。

用意されたグラスにワインが注がれ、前菜が運ばれてくる。

「それでは、竜族の発展を祈って。乾杯」

「乾杯！」

あちこちで祝杯が掲げられ、活気に満ちた声があがる。

リアムの両親と仲間たちは、乾杯だけしてそのあとソッと席を立った。祝いの舞を披露することになっているのである。

竜王や竜族、各国の国賓たちが一堂に集まったこの場所で舞えるのは、芸人にとって最高の栄誉だった。

まずは父が楽器を奏で、それに合わせて母が歌う。そして軽やかに踊りながら登場してきた仲間たちが、美しく舞った。

大広間は和やかな祝福ムードでいっぱいである。

事前にたっぷりと食事を摂っていたアリスターとリアムは、甘いものを摘まみながらにこやかにその舞を楽しんだ。

アリスターがリアムの手を握ったまま、上体を近づけてリアムの耳元で囁いた。

「──リアムの腹に、私の子が生を受けている」

「えっ……」

リアムは驚いてアリスターをマジマジと見つめ、それから真っ平らな自分の腹を見つめる。

「赤ちゃん……?」

「ああ」

「アリスター様の、赤ちゃんが……」

リアムはまだ実感のない腹部に手を当てると、湧き上がる幸せに微笑んだ。

奇跡の花嫁になった日

★★★

アリスターとリアムが婚儀を挙げてから、早くも十年の月日が経とうとしている。その間にリアムは二人の仔竜を産み、最初の子が黒竜、次の子は火竜だった。

そして今、小さな卵にヒビが入り、中から三人目の仔竜が這い出ようとしている。

「――あぁ、あとちょっと……がんばれ～っ」

竜の卵は小さいが頑丈さは相当なものなので、うっかり踏んでしまっても割れたりはしない。しかしその分、中から出てくるのは大変そうで、つい手を貸したくなってしまう。

「小さい肢《あし》が出てきた。……うん？　緑色？　緑色の竜って、何？」

「珍しいな。もう、緑竜は千年以上生まれていないんじゃなかったかな。生命の息吹を表す色で、確か最後の緑竜はメス――……まさか」

「まさか？　まさか、何？」

愕然《がくぜん》とした表情のアリスターが蒼白《そうはく》になっているのを見て、リアムは不安になってしまう。千年も生まれていないということは、何か体質的に問題がある色の竜なのだろうかと心配になったのだ。

「いや……その可能性は、極めて低い」

「だから、何が？　あっ、出てきた、出てきた。ここまで出てきたら、もう手伝ってもいいよね？」

「ああ」

リアムは卵の殻に手を伸ばし、一生懸命這い出ようとしている仔竜に手を貸す。

引っかかっている羽を外してやり、手のひらに乗せた。

「こんにちは、赤ちゃん。パパとママだよ～」

綺麗な緑色の子竜は、金色の目をしている。とても小さくて、撫でるのも怖いくらいである。

キョトンとしたように二人を見ているのが可愛らしく、リアムはニコニコした。

「ちゃんと立ってるし、羽も大丈夫そう。アリスター様ってば、脅かして～。なんなんですか、いったい」

「いや…ちょっと渡してくれ」

「はい」

仔竜を驚かさないようにソッとアリスターの手のひらへと移すと、アリスターは眼前に掲げてマジマジと見る。

それから羽を引っ張ってみたり、コロリと転がして腹を出させたりした。

「まさか……」

「だから、何がまさか？」

どうにも態度がおかしい。アリスターはとても冷静な性質で、多少のことでは動じたりしないのに、この仔竜に関しては激しく動揺した様子だった。

「……いや、まだ小さすぎて、よく分からない。確定したわけではないし、ぬか喜びは禁物だ」

「何がぬか喜び？」

「それは——……」

返事を聞く前に、仔竜がピーピーと激しく鳴き出す。

「ああっ、大変。お腹空いたんだ。アリスター様、ご飯、ご飯」

仔竜が一番初めに摂取するのは、親竜の精気だ。そのあとでやわらかくした肉や野菜を食べ始める。

アリスターが仔竜の鼻先に指を持っていくと、仔竜は小さな手でガシッと掴んでチュウチュウと吸い始めた。

「か…可愛い～。アリオンとムリアの小さいときを思い出すなぁ。こんなに小さくても意外と丈夫って分かるまでは、心配でろくに眠れなかったっけ……」

何しろ、体長が十センチもない小さな体だ。

アリスターにお願いしてベビーベッドを竜王の間にも入れてもらったが、あまりにも小さすぎてちゃんと息をしているか、寒いんじゃないか、暑いんじゃないか、毛布に埋まって苦しいんじゃないかと心配事は尽きなかった。

しかしリアムの心配をよそにアリオンはすくすくと大きくなり、次男のムリアもなんの問題もなく成長している。

今は、十歳と四歳。

ムリアが足元でウロチョロしているのに気づかずうっかり踏んでしまったりもしたが、ピーピー文句を言われただけでどこも怪我をしていなかった。

アリスターに仔竜は丈夫で頑丈だと言われていたが、本当なんだなぁとしみじみ思わされた出来事である。

おかげでそれからは気を張ることなく育児ができたので、三人目となる今はわりと気楽に構えられている。

「アリオンたち、呼んでくるね」

「ああ」

卵にヒビが入り始めたのは二人のお昼寝の時間だったので、そのまま寝かせておくことにしたのである。

そろそろ起こしてもいい頃合いだからと、リアムは子供部屋へと走った。

仲のいい兄弟は、本人たちの希望で同じ部屋だ。アリオンが十二歳になったら部屋を分けようと話しているのだが、もう少し早くなるかもしれない。

ムリアは自分にも弟ができるのをとても楽しみにしていて、世話をするんだと張り切っていた。

リアムは居間で子供たちのオヤツの準備をしているローランドに、「生まれたよ～」と言って子供部屋に入っていった。

「アリオン、ムリア、起きて～」

「んぁ～」

「も、ちょっと……」

午前中は屋上に作った遊び場で思いっきり動き回り、昼食後は勉強をさせられた二人は気持ちのいい昼寝に執着している。

いつもはオヤツの一言で起き出すのだが、今日は違った。

「赤ちゃん、生まれたよ。すごく小さくて可愛い、緑竜だよ」

「えっ⁉」

「ウソ～ッ。もう？　起こしてくれればよかったのに～」

二人とも慌てて飛び起きて、寝間着のままバタバタと竜王の間まで走る。

「父上、赤ちゃんは⁉」

「緑竜見たい～」

それからアリスターの手のひらの上に乗っている仔竜を見つけたのか、目を輝かせて近寄った。

「驚くから、大きな声を出さないようにな。触るときはソッとだ」

「わ、分かったー」

　アリオンとムリアはコクコクと頷き、アリスターが目の前に持ってきてくれた仔竜を見る。

「うわー…ちっちゃい。可愛い。すご～い」

「なんか、懐かしいなぁ。ムリアもこれくらい小さくて、ボクも同じことを言った気がする」

「言ってたよ。可愛い可愛い言って、寝てるとき以外は一緒にいたがって。面倒見のいいお兄ちゃんで助かったなぁ」

　竜の本能なのか、リアムよりよっぽど上手にムリアをあやしていた気がする。

　だからかムリアもお兄ちゃんが大好きで、二人で仲良く遊んでくれるので親たちはずいぶんと助かっていた。

　ムリアの誕生から四年という短い年数で三人目の仔竜が生まれたのも、そのおかげかもしれない。

　婚儀からわずか十年で三人目ということで、リアムは早くも伝説の花嫁の仲間入りしそうだった。

　良い花嫁は仔竜をたくさん生むと言われているため、アリオンのときもムリアのときも、竜族たちから盛大に感謝されたものである。

「ねぇ、母上。この子の名前は？」

「二つに絞ってあるんだけど、顔を見てから決めようと思ってたんだよ。アリスター様、どっちにする？」

「……少し、保留だ。確かめたいことがある」

「何を確かめるの？」

「慎重を要する問題だ」

「アリスター様ってば、またそういう難しい言い方をするし。まぁ、いいけどさ」

アリスターが言う以上、少しは本当に少しなんだろうし、必要があるから保留するのだと信頼している。

「名前がないのは不自由だから、とりあえず緑竜のリョクちゃんって呼ぼうか。リョクちゃん、お兄ちゃんのアリオンとムリアだよ。よろしくね～」

「リョクちゃん、よろしく～」

「よろしく～」

いい子いい子とムリアが頭を撫でると、小さな手でハッシと掴む。

「か…可愛い～っ」

「可愛いねぇ」

「可愛いなぁ」

リアムと息子たちが目を輝かせて可愛いを連発するのとは反対に、アリスターは難しい表情で考え込んでいた。

その日の夜、仔竜にくっついて離れない子供たちを、もう寝る時間だからと部屋に追い立ててようやく二人きりになる。

仔竜はとっくの昔にベビーベッドで毛布に潜り込んで熟睡していた。

「――あの子は、もしかしたらメスかもしれない」

「はへっ？」

仔竜の名前について話そうとして、返ってきたのがその言葉である。あまりにも意表をつかれ、リアムから変な声が出た。

「メ、メ、メスって……でも、竜族のメスは千年も昔に絶滅したんじゃ？」

「ああ、そうだ。最後のメスが亡くなってから、千年生まれていない。人間との間にメスは生まれないというのが定説だったんだが……」

「あの子は、メスかもしれない？」

「ああ。しかし残念ながら、竜の姿のときは性器が露出していないから確かめられない。判断できるのは、あの子が人型になったときだ」

「でも、じゃあ、どうしてアリスター様はメスだって思うわけ？」

「まず、緑竜にはメスが多かった。攻撃力はほとんどなく、大地を潤したり、豊穣をもたらしたりする存在だったからな。性質的に、オスが生まれにくいんだ」

「で、でも、ゼロじゃない以上、オスの可能性もあるし。というより、人間との間にメスが生まれたことがないなら、緑竜でもオスの可能性のほうが高いんじゃ？」

「そうだな。確かにそのとおりなんだが……どうもあの子は、他の竜族たちと気配が違う。私が知らない、独特のオーラを放っている」

「他にいない緑竜だから……っていう気が……。だって、メスなんて…なんか大ごとになりそう」

「大ごとになるな。竜族にとっては大事件だ。私も久しぶりに激しく動揺した。どのみち、確かめるまで一月《ひとつき》以上かかるから、名前は決めないと。オスでもメスでも大丈夫な名前に変更だ」

「だから、保留したんだ……。考えてたの、男名だけだもんね」

「万が一メスだった場合、かわいそうだろう？」

「うん」

それじゃこの子の名前は何にしようと、二人であれこれ思い浮かぶ名前を紙に書いていく。

千年ぶりのメスかもしれない、初めての女の子かもしれないという喜びがリアムを包み、ワクワクさせた。

「女の子だったら、可愛い服を着せられて嬉しいなぁ」

竜王の花嫁であるリアムの趣味は裁縫。息子たちの服はすべてお手製で、当然三人目の子供にも服を作るつもりだった。

しかし男の子である以上、ピンクは使えないし、フリルやレースも過剰にはつけられないから、少々物足りなかったのである。

その点女の子なら、気恥ずかしいほど可愛い服を着せられる。

そんなことはありえないと思っていただけに、女の子の可能性が限りなく低いかもしれないと分かりつつも興奮してしまうのだった。

★　★　★

アリスターとリアムはオスでもメスでも使える名前をたくさん挙げ、考え抜いた末にアリエルという名前にした。

小さな緑竜はスクスクと成長しているが、三ヵ月過ぎてもまだ一度も人型になっていない。

次代の竜王であるアリオンが人型を取ったのはとても早く、生後半月ほどだ。そして次男のムリアは平均的な二ヵ月後。

どうもアリエルはのんびり屋なようだが、それにしてもさすがに少しばかり心配になってしまう。

「こういうことには個体差があるものだ。確か、一番遅い子は四ヵ月だ」

「四ヵ月か……じゃあ、まだ大丈夫ですね。千年ぶりの緑竜だっていうし、ハラハラしちゃうなぁ」

つい、弱いからこそ生まれてこなかったのではないかと考えてしまうのである。

アリエルはおっとりしているが今のところ健康体で、大丈夫だと言い聞かせても不安はなくならない。

「体も、アリオンたちに比べて小さいし。たくさん食べて、しっかり眠ってるのに……」

「緑竜は他の竜族より小柄なことが多かったから、問題ない。アリエルは正常に発育しているぞ」

「分かってても、心配……。アリオンのとき並みに神経質になってるかも」

「心配しても仕方がない。アリエルはきちんと成長しているから大丈夫だ」

後ろからスッポリと包み込まれる形でアリスターに抱きしめられ、リアムはホッと体から力を抜く。

不安がスーッと溶けていくのを感じた。

「……うん。アリスター様がいれば、大丈夫」

大変なことが起きてもきっとなんとかしてくれると、無上の信頼を寄せている。

アリエルがメスかもしれないという可能性は、アリスターとリアムの胸の内だけにとどめている。珍しい緑竜なので他にもしかしたらと考えている竜族はいるかもしれないが、おいそれとは口にできない疑問だ。

すべては、アリエルが人型になればはっきりとすることである。

それゆえリアムはジリジリとした気持ちで毎朝起きるとすぐにベビーベッドを覗き込むのだが、今日もアリエルは仔竜の姿で爆睡していた。

「お腹丸出し…可愛いなぁ」

小さな手をムニムニと揉むと、う〜んと言って足をピクピクさせる。口も動いているから、そろそろ起きてご飯と鳴き出しそうだ。

「さて、と。着替えて朝ご飯にしよっか。お腹空いた」

「そうだな。チビたちも起き出す頃合いだ」

竜王の花嫁になってリアムが感激したことは山ほどあるが、子育てについても同じである。

竜王にはこれといった仕事がないから二人でしっかり仔竜の面倒を見られるし、ローランドを筆頭に仔竜を構いたがる竜族はいくらでもいるので助け手には不自由しなかった。

午前と午後の遊びの時間には、城住みの竜族たちが志願して当番制にしている。

食事の支度もしなくていいし、こんな楽な子育てがあっていいのかと思っていた。

おかげでリアムは寝不足に苦しむことも、家事に追われることもなく、毎日楽しく過ごせている。

寝間着を着替えてまだ眠っているアリエルを抱き上げると、無意識のうちにグリグリと頭を擦りつけるのが可愛い。

頬を緩めて居間へと行き、ローランドに挨拶をした。

「おはよう〜」

「おはようございます。アリエル様は、まだおねむですか？」

「ご飯の匂いを嗅いだら、起きると思うよ。食いしん坊だから」

仔竜たちは、その小さな体に見合わない量を食べる。アリオンのときはリアムも驚いて、お腹を壊すんじゃないかと心配してしまったほどだ。

「父上、母上、おはよー」

「おはよー。お腹減った！」

子供たちが駆け寄ってきて、元気に挨拶をする。そしてリアムの腕の中にいるアリエルにも、額のあたりを撫でておはようと言う。

「ぴにゃ……」

「あ、起きた～。大変、大変、ローランド、アリエルのご飯」

「はい、用意してありますよ。みなさんも座って、朝食になさってください」

「はーい」

テーブルの上にはサラダと飲み物が用意され、すぐにパンとスープも運ばれてくる。

ローランドは給仕を人間の使用人に任せ、一緒にテーブルについてアリエルに食事を与えていた。

「アリエル様は、今日も食欲旺盛ですね。素晴らしい」

「竜って、本当にたくさん食べるよね～。アリオンなんて、もうオレより量食べてるし」

「ちゃんと食べないと、お昼までもたないもん。ん～っ、焼きたてパン大好き！」

「ボクも好き～」

兄たちの言葉にアリエルも鼻をヒクヒクさせ、パンの籠のほうに手を伸ばす。

ローランドは笑ってやわらかなパンを少しだけ千切り、アリエルに渡した。

小さな手でしっかりと掴み、チマチマと食べている姿は可愛らしく、ついつい視線が向いてしまう。

「お待たせいたしました」

その言葉とともにオムレツやベーコンなどが載った皿が運ばれてくると、「わ〜い」とそちらに意識が戻る。

「オムレツ、大好き〜」

「ベーコン、大好き〜」

「野菜はなくてもいい……」

「いらないね……」

小さな声で呟く兄弟に、誰もが通る道だと大人たちは笑う。

「分かる、分かる。特に匂いの強い葉っぱとか、子供のうちは嫌いだったなぁ」

「ピーマン、嫌〜い」

「ニンジン、嫌〜い」

二人の挙げた野菜が子供の嫌いなものの代表だったので、ますますおかしくなる。

「でも、ピーマンの肉詰めは嫌いじゃないよね？」

「あれは…あんまり苦くないから……」

「ニンジンをバターで甘く煮たのは、大好きじゃなかったか？」

「だって…美味しいんだもん……」

自分でも矛盾していると分かっているのか、バツが悪そうな顔でゴニョゴニョと言う。大人たちにとっては可愛いだけだった。

「き、嫌いだけど、残したことないよ！」

「そうだよ～。がんばって食べてるもんっ」

「うん、うん。二人ともえらいよね。いい子、いい子」

「………」

「………」

褒められて嬉しそうに、気恥ずかしそうにする姿も微笑ましい。

本当にいい子に育ってるなぁと、ニコニコしながらの和やかな朝食だった。

先に食べ終えたアリエルは、ベビーベッドに下ろされて足を投げ出して座っている。柵の隙間から興味深そうにアリスターたちのほうを眺めていたが、そのうちにアクビをして眠ってしまった。

少し眠って、起きたらアリオンたちと一緒に屋上で遊ぶのが日課である。

そのため屋上には転んでも怪我をしないようフカフカの絨毯が敷き詰められ、オモチャや遊具も用意されている。

兄弟たちは食後のお茶を飲み、胃が落ち着いてから遊びに行くのである。

「今日はデイルが、雪遊びさせてくれるんだって。楽しみ～」

「雪ダルマ作るんだ～」

まだ雪には早い時期だが、氷竜がいれば季節は関係ない。彼らは遊んでくれるだけでなく、力の使い方なども教えてくれるのでありがたかった。

「ねぇ、もう屋上に行っていい？」

「いいよ。ちゃんとデイルの言うこと聞いてね」

「は～い」

「は～い」

二人はいそいそと椅子を下り、アリエルに挨拶をしていこうとベビーベッドに近寄る。

「あれ～？　アリエル、人型になってるよ」

「本当だ～」

その言葉に大人たちが勢いよくバッと立ち上がる。

「なんだと⁉」

「人型になった⁉」

慌てて駆け寄ってみれば、確かに人型のアリエルが眠っていた。

「ああ～よかった。無事に人型になれてホッとした」

成長が遅いんじゃないかと心配していたリアムは安堵に胸を撫で下ろしていたが、アリスターとローランドは目を瞠ったまま硬直している。

「ま、まさか……」

「信じられません……本当に……？」

呆然として呟く二人にあれっと思い、リアムは改めて人型になったアリエルを見る。

「あっ、女の子だ。へぇー、本当にメスだったんだ。アリスター様、当たってましたね。すごいなぁ」

どこまでも呑気なリアムとは反対に、アリスターとローランドは衝撃を受けたままだ。

「あの…大丈夫？　竜族のメスって千年ぶりだから、これっておめでたいことだよね？」

あまりにも二人がショックを受けているから、リアムも不安になってしまう。

「千年ぶりの、メスか……」

アリスターは長い吐息を漏らし、アリエルの頬を優しく撫でながらしみじみと呟いた。

ローランドも泣き出さんばかりに感激している。

「千年ぶりの、メス――ああ、リアム様。本当に、本当に、ありがとうございます。あなた様は、竜族の救世主だ」

「大げさだな～」

リアムは笑ったが、ローランドは大真面目である。膝をつき、最敬礼でリアムに感謝を述べる。

「リアム様が、アリスター様の元にいらしてくださったことに感謝いたします」

「ああ、本当にな。花嫁が見つからないのに焦り、頭痛に苦しんでいたのがウソのようだ。リアムがこの世に生まれてくれたことに感謝する」

「えー……」

千年ぶりのメスの誕生が大事件なのは分かっていたが、二人からこれほど真摯《しんし》な感謝を捧げられるとは思いもしなかった。

リアムは困惑しつつも嬉しく思い、笑って言う。

「竜の卵って小さいから産むの大変じゃないし、子供たちは可愛いし。オレもがんばって二桁超えして伝説の花嫁を目指しちゃおうかな」

「リアム様はメスをお産みになったのです。すでに伝説入りですが――二桁超えは嬉しいですね。応援いたします」

「あ、ありがと」

「ではお子様方、屋上に遊びに行きましょうか。お二人にしてさしあげませんと」

これも応援の一つだと言い、ローランドは子供たちを連れて居間を出ていった。

アリスターはリアムを抱きしめ、こめかみにキスをする。

「まさしく奇跡だ。人間との間に、メスは生まれないと思っていたのに」

「これで、違うって分かったね」

「ああ。本当に信じられない……」

竜王には竜族の未来がズッシリと伸しかかっているから、メスの誕生の重みはリアムには理解できないほどだ。

アリエルが生まれてからというもの、アリスターはリアムとは比べものにならないくらい内心ではやきもきして、人型になるのを待っていたに違いない。

期待しつつ、期待しすぎないよう自分を律し――今は希望が叶ったことで疲れきっているように見える。

リアムはアリスターにギュッと抱きつき、背中を撫でながら言う。

「大丈夫。オレ、たくさん仔竜産んじゃうから。十人でも二十人でも産んで、その子がまた仔竜を産むよ」

「そうだな」

――ありがとうと、痛いほど強くアリスターに抱きしめられた。

そうして竜族は絶えることなく続いていき、アリスターとリアムの子孫は増えていく。

伝説の花嫁といえば真っ先にリアムの名前が挙げられる未来がそこにあった。

あとがき

こんにちは～。この度は「竜王様と蜜花花嫁」をお手に取ってくださいまして、どうもありがとうございます。

ダリア文庫さんでは初めてファンタジーを書きました。少しじゃなく、ガッツリです。攻めが竜族って、我ながら萌える（笑）

一般的に「リュウ」には、屏風なんかに描かれている龍と、西洋風のドラゴンと二種類ありますが、今回はドラゴンです。龍だとなんだか、日本昔話のイメージが強くて。舞台もどこかの国をイメージしたのではなく、まったく違う世界にしました。もともと色もの大好きな私なので、ドラゴンには心躍るものがあります。ヒゲのせいか龍は年寄りが頭に浮かんできますが、ドラゴンは血気盛んな若者。物語の中で暴れ回っているイメージが私の中であるからでしょうか。それもあって、やっぱり龍よりドラゴン萌えですよ。

竜王であるアリスターは、見つからない花嫁探しに疲れ、鼻息荒く迫ってくる花嫁候補たちにうんざりしていたときに、リアムを見つけました。玉の輿を狙ってやる気満々な他の候補たちと違い、普通では入れない場所や人々を見られると浮き浮きと楽しげな空気を醸し出すリアムに興味を引かれたのです。表情がコロコロと変わるのが楽しく、自分が竜王と知っても目の色を変えない相手にホッとしたのかもしれません。強大な力を持ちながら一番欲しているものを手に入れられないでいるアリスターは不機嫌そのもので、まわりはビクビクものだっただろうなぁと思います。

そして旅芸人の一座に生まれたリアムは、竜の爪痕の痣のおかげで難は逃れてきたものの、旅芸人ならではの大変さを経験し、理不尽なこともたくさん目にしています。なので、ポヤポヤしているように見えても、意外と達観している部分があったりします。花嫁候補として竜族に守られてはきましたが、完全なる箱入りではないのです。

イラストを描いてもらうにあたって、リアムのふわふわ髪のイメージを伝えるのに、例えとして出てきたのが筋斗雲。どうがんばっても、筋斗雲しか出てこなかった私……。たしかにイメージにピッタリではあるけど、なんでよりによって筋斗雲……。頭の中で、どうしても悟空が乗ってしまう……なんか嫌だ……。しかし他に思い浮かばなかったのでメールで筋斗雲と送ったあと、「綿あめがあった！」と思いつきましたよ。筋斗雲より綿あめのほうが可愛いし、イメージもピッタリ。なぜ、もっと早く思いつかなかったのか……。

明神翼《みょうじんつばさ》さん、美しくも可愛いイラストをありがとうございます。もしかして、ファンタジーを明神さんに描いてもらうのは初めてかしら～と思いながら書きました。私、いつもは受けをどれだけ可愛く描いてもらえるか楽しみにしているのですが、今回は攻めです。アリスター様♥と思いながら書きました。いただいたキャラフは思っていたとおりアリスター様が格好良く、うほほでした。小説を書き上げるご褒美はイラストですからね～。ゴールの先に待つものがあるからこそ、つらいマラソンにも耐えられます。

例によって二つのカバー候補から選ぶという贅沢かつ悩ましい選択で、泣く泣く諦めたほうにはヘソ天で寝ている激可愛い子竜が描かれておりました。可愛い！　たまらん！　くぅ……今もまだ心残りです（笑）

若月京子

とっても可愛い
お話で
キュンキュン
しました―♥
若月先生
ありがとうございました――
子竜はオマケです(笑)

初出一覧

竜王様と蜜花花嫁 ……………………………… 書き下ろし
奇跡の花嫁になった日 ………………………… 書き下ろし
あとがき ………………………………………… 書き下ろし

ダリア文庫をお買い上げいただきましてありがとうございます。
この本を読んでのご意見・ご感想・ファンレターをお待ちしております。

〒170-0013　東京都豊島区東池袋3-22-17　東池袋セントラルプレイス5F
(株)フロンティアワークス　ダリア編集部
感想係、または「若月京子先生」「明神 翼先生」係

この本の
アンケートは
コチラ！
http://www.fwinc.jp/daria/enq/
※アクセスの際にはパケット通信料が発生致します。

竜王様と蜜花花嫁

2018年6月20日　第一刷発行

著　者
若月京子
©KYOKO WAKATSUKI 2018

発行者
辻 政英

発行所
株式会社フロンティアワークス
〒170-0013 東京都豊島区東池袋3-22-17
東池袋セントラルプレイス5F
営業　TEL 03-5957-1030
編集　TEL 03-5957-1044
http://www.fwinc.jp/daria/

印刷所
中央精版印刷株式会社